KB075942

김이경

시를 좋아하는 집안 분위기와 시인 김수영과 한 마을에 산 인연으로
어려서부터 시를 가까이했다. 대학과 대학원에서 역사학을 전공한 뒤
영시를 제대로 읽고 싶어서 방송통신대학교 영문과에 편입했으며,
이때 백무산 시인에 대한 평론으로 교내 문학상을 받기도 했다.
대학 강사와 논술 교사, 독서회 강사 등을 하며 도서관에서 책을
읽다가 출판사에 취직해 인문서부터 아동물까지 다양한 책을
만들었으며, 현재는 책을 읽고 만든 그간의 경험을 바탕으로 이런저런
책을 쓰고 있다. 그동안 책을 주제로 한 소설집『순례자의 책』,
서평집『나녀의 독서처방』,『마녀의 연쇄 독서』 등을 펴냈고,
책을 어떻게 읽어야 하는지 궁리한 결과를 정리해 독서법에 관한 책
『책 먹는 법』을 썼다. 이 밖에도 어린이 그림책『인사동 가는 길』,
『봄 여름 가을 겨울 창덕궁 나들이』,『서울 성곽길』,『시 읽는 법』
등을 지었고, 함께 쓴 책으로『지난 10년, 놓쳐서는 안 될 아까운 책』,
『아까운 책 2012』 등이 있다.

시의 문장들

굳은 마음을
말랑하게 하는
시인의 말들

시의 문장들

김이경 지음

ᅟᅵᅮ

시를 읽다 보면 으레 '어라?' 하고 놀라고, '뭐지?' 하고 궁금해하고, '아!' 하고 감탄한다. 삼십 년 전에도 그랬고 일주일 전에도 그랬고 오늘도 그렇다. 잘 알지도 못하면서 계속 시를 읽는 이유는 기분이 좋아서다. 뒤통수를 한 대 맞았는데 머리에서 분수가 솟는 기분이랄까. 이런 청량한 즐거움은 시가 아니면 느끼기 힘들다. 그래서 나는 시가 좋다. 잘 알지도 못하는데 좋고, 좋으니까 다른 사람들과 나누고 싶다. 나처럼 시 한 편 쓸 줄 모르고 이해도 잘 못하는 보통의 독자들에게 시가 얼마나 근사한지, 시를 읽는 게 얼마나 재미있는 일인지 알려 주고 싶다. 심심하다 못해 지긋지긋하기도 한 일상에 작지만 상쾌한 즐거움이 있다면 조금은 살맛이 날 테니까.

시를 읽다 보면 어떤 문장에 오래 눈길이 머문다. 한 줄짜리 문장에 가슴이 쿵 내려앉을 때도 있고, 시의 제목과 작가는 다 잊었지만 구절만은 남아서 평생 잊히지 않을 때가 있다. "모든 경계에는 꽃이 핀다", "슬픔이 없는 십오 초"처럼 시의 문장이 그대로 제목이 되어 나오면 그 시집은 사지 않을 수가 없다. 읽는 순간 그것은 그대로 내 삶의 표어가 된다. 비록 몸으로는 살지 못하고 그저 마음뿐이라 해도, 그 문장이 있어 삶은 잠시 빛난다. 반딧불 같은 그 빛이, 스포트라이트 한 번 받은 적 없는 어둑한 인생을 살 만하게 만든다. 그 빛을 잊었을 때조차 잔영은 남아 길 잃은 설움을 비춘다.

그 기억에 기대 시의 문장들을 옮겼다. 한 줄, 두 줄, 세 줄, 네 줄······. 나를 사로잡고 내 발길을 비추었던 문장들이 누군가의 어둠에 밀감 같은 빛이 될 수도 있으리라 믿으며 내가 사랑한 시의 문장들을 적었다. 시도 다른 예술과 마찬가지로 기승전결이 있고 나름의 논리와 구조와 이야기가 있기에 한 문장, 한 대목만 뚝 잘라 보이는 건 힘들게 시를 쓴 시인에 대한 예의가 아닌 줄 안다. 그럼에도 나 같은 보통의 독자들이 나처럼 시에서 빛나는 한 순간을 경험하기 바라는 마음에 무례를 범했다. 부디 내가 적은 한 줄이 하나의 큰 세계로 이르는 길목이 되기를 바랄 뿐이다.

시를 읽다 보면 이런저런 사념이 든다. 지나간 시간에 대한 회한, 낯 뜨거운 고백, 아직 뜨거워 당황스러운 열망, 여전히 막막한 두려움, 그 모든 것은 여기 덧붙인 들쑥날쑥한 내 문장처럼 정처 없다. 다듬고 정리하지 않은 문장들을 그대로 내놓는 것은 시가 마음의 격동을 허락하는 유일한 문장인 까닭이다. 그러므로 그대는 그대의 시 옆에 그대의 문장을 적기를.

시를 읽다 보면 마음을 뺏긴 한 줄의 문장이 전부가 아님을 알게 될 것이다. 그 문장 너머로 시는 계속 이어진다. 밑줄 친 금언, 근사한 아포리즘 너머에 진짜 삶이 있는 것처럼. 그래서 쓸쓸하고 그래서 오기가 생기는 것처럼. 짧은 시도 끝까지 다 읽어야 그 뜻을 알 듯, 삶도, 짧고 보잘것없는 삶도 끝까지 다 살아야 비로소 뜻을 알 것이다. 아니 어쩌면 다 읽어도 알 듯 모를 듯한 시처럼 다 살아도 모를지 모른다. 그 막막함이 다시 시를 부른다. 언젠가 그 막막함의 끝에서 우리가 만난다면, 한 잔의 술을 따르고 한 편의 시를 읊자.

왜 시를 읽느냐 묻는다면

태초에 시가 있어

요즘은 시보다 소설이 인기지만, 역사적으로 보면 생긴 지 200년 남짓한 소설에 비해 사람들이 시를 즐기기 시작한 지는 수천 년이나 되었다. 세계에서 가장 오래된 시로 알려진 「길가메시 서사시」가 쓰인 것이 지금으로부터 4천여 년 전이니, 기록되지 않은 것까지 치면 시의 역사는 그보다 훨씬 전으로 거슬러 올라갈 것이다. 그러므로 태초에 말씀이 있었다면 그 말씀은 필경 시였으리라.

아프리카의 원시 부족 사회를 연구한 인류학자들에 따르면, 많은 부족이 자신들의 기원과 역사를 아주 긴 서사시에 담아 전승해 왔다. 학자들은 그들이 책 한 권 분량의 시를 통째로 외워 수십 수백 세대 동안 입에서 입으로 고스란히 전해 온 데 놀람을 금치 못한다. 하긴 전화번호도 제대로 못 외는 우리들의 짧은 기억력을 생각하면 불가사의한 일이다.

아무튼 시가 오랜 세월 지역과 인종을 넘어 수많은 사람에게 사랑을 받은 것은 분명하다. 인류의 유전자 속에 시를 즐기는 습관이 새겨져 있다고나 할까. 그러니 시를 쓰는 건 몰라도 시를 읽는 것만큼은 특별한 일이 아니다. 시라는 형식에 문학적 조예가 있어야 하는 것도 아니고 시를 즐기기 위한 남다른 여유가 있어야 하는 것도 아니다. 그저 사기 안에 있는 오래된 유선석 본능을 따르기만 하면 된다. 즐겁거나 슬플 때 노래를 부르듯이 자기 마음속에 차오르는 감정을 따라 마음을 움직이는 시를 읽으면 되는 것이다. 처음엔 생략과 비유가 많은 시 고유의 독특한 형식이 낯설고 어렵게 여겨질 수도 있겠지만 자꾸 읽다 보면 익숙해질 것이다.

물론 시를 읽고 친숙해지는 것은 좋지만 요즘 시대가 어떤 시댄데 한가하게 시나 읽고 있겠느냐고, 무엇 때문에 잘 알지도 못하는 시를 읽어야 하느냐고 물을지 모른다. 맞는 말이다. 사는 데 필요하다면 아무리 힘들어도 노력하겠지만 굳이 도움도 안 되는 일을 할 필요는 없다. 취업에 꼭 필요한 스펙도 아니고 자기 계발을 돕는 효용성도 없다면 무엇하러 시를 읽느라고 귀한 시간을 쓰겠는가. 차라리 그 시간에 잠을 자지.

피가 되고 살이 되는 시

그러나 단도직입적으로 말하자. 시를 읽는 것은 사는 데 도움이 되고 쓸모도 있다. 시는 당신 인생에 피가 되고 살이 된다. 왜냐하면 시는 '다르게 보는 법'을 가르쳐 주기 때문이다.

철학이나 예술은 우리로 하여금 세상을 다르게 보도록 일깨운다. 스티브 잡스 같은 이가 왜 제 자식에게 아이폰 대신 책을 주었겠는가. 왜 대학생들에게 과학 기술이나 경영학 지식보다 인문학적 소양을 기르라고 강조했겠는가. 혁신이란 기존의 세계를 다르게 보는 데에서 출발하는데, 다르게 보는 능력을 키우는 데는 문학, 철학, 예술 같은 인문학이 기본이 되니 그런 것이다.

시는 바로 이 점에서 도움이 된다. 시란 무엇보다 언어의 반전이기 때문이다. 우리가 사는 세계는 언어로 이루어져 있다. 이 세계에서 경쟁력을 갖기 위해 더 많은 언어에 능통해지려 애쓰는 것도 그래서다. 한데 시는 이런 언어를 거꾸로 뒤집는다. 언어의 반전을 통해 기존의 세계를 뒤집는 것, 그리하여 세계의 틈을 보고 새로운 세상을 여는 것, 그것이 시의 힘이다.

시 읽기가 당장 토익 900점만큼 쓸모가 있는 건 아니다. 하지만 만약 당신 자신을 창의력 있는 인재로 만들고 싶다면 틈날 때마다 시를 읽어 보라. 시에서 새로운 언어를 만나고 비약과 반전에 익숙해지면 남과 다른 눈으로 세상을 읽고 상상하게 될 것이다. 최근엔 정부도 기업도 창조경제니 이노베이션이니 하며 독창성을 강조하는데, 사실 창의의 시작은 '다른 상상'이다. 그리고 시야말로 그런 남다른 상상을 가능케 하는 든든한 뒷심이라 할 수 있다.

시의 유용성은 투자 대비 만족도가 크다는 점에도 있다. 무엇보다 시는 짧다. 통째로 책 한 권인 T.S. 엘리엇의 『황무지』나 그보다 더 두꺼운 신동엽의 『금강』 같은 상시長詩가 가끔 있시만, 내개의 시는 길어야 두세 쪽을 넘기지 않는다. 지구력이 부족하고 성미가 급한 나 같은 사람은 물론이고, 하루가 다르게 변하는 세상에 발맞추느라 가랑이가 찢어지는 현대인에게 짧은 길이는 큰 장점이다. 앉은자리에서 단숨에 끝까지 읽을 수 있어 단시간에 성취감을 느낄 수 있으니 말이다.

더구나 시집은 값이 싸다. 만 원이 못 되는 돈으로 책 한 권을 살 수 있어 뿌듯하고, 얇은 두께에 비해 오래 두고두고 읽을 수 있어 경제적이다. 그뿐인가, 시집은 한 권을 처음부터 끝까지 다 읽어야 하는 부담도 없다. 내 맘에 드는 것만 곶감 빼먹듯이 골라 읽을 수 있는 유연성은 여느 책에선 누리기 힘든 시집만의 특징이요 매력이다.

한마디로 이처럼 적은 시간과 비용과 노력을 들여 이렇게 큰 효과와 보람과 감동까지 느낄 수 있는 것은 시 말고 드물다. 시 하면 경제나 현실과는 전혀 무관한 뜬구름 같은 것으로 여기는 이들이 꽤 있는데 이는 뭘 모르고 하는 얘기다. 최소의 언어로 최대의 효과를 거두는 것이 시다. 그러므로 경제성과 효율성을 따지는 요즘 같은 시대야말로 시 읽기 좋은 때라 할 수 있다.

시는 힘이 세다

그나저나 시 읽기의 중요성을 역설하고 나니 어쩐지 미안하다. 안 그래도 할 일 많은 사람들에게 이젠 시까지 읽으라고 한 것 같아서. 공부도 해야 하고 연애도 해야 하고 군대도 가야 하고 취직도 해야 하고 살도 빼야 하고 유행도 좇아야 하고, 그야말로 할 일이 태산 같은데 거기에 시까지! 너무한다고 생각할지 모르나 내친김에 눈 딱 감고 말하겠다. 그럴수록 더욱 시를 읽어야 한다. 왜냐면 바쁘고 지친 삶에 시가 쉼표가 되어 줄 테니까. 아니, 쉼표만이 아니라 때론 이정표도 되어 줄 테니까.

세상이 정한 대로 해야 할 일들을 하다 보면 어느 순간 내가 가는 길이 맞는지, 어디로 가야 할지, 의심스러울 때가 있다. 답답한 마음에 점을 치고 술을 먹고 쇼핑도 하지만 별 도움이 안 될때, 그럴 땐 일단 멈춰야 한다. 멈춰서 온 길을 돌아보고 갈 길을 헤아려야 한다. 요즘 세상은 돌아보기 시작하면 한이 없다고, 우선 달리고 나서 나중에 생각하라고 하지만 그건 잘못이다. 제때 고민하지 않았다가 나중에 가서, 기껏 달렸는데 잘못 왔구나, 뒤늦게 낭패를 보는 이들이 얼마나 많은가.

시를 읽는 것은 멈춰서 돌아보는 것이다. 거울 앞에서 머리를 빗듯이 시 한 편을 읽으며 마음을 빗는 것이다. 그렇게 숨을 고르고 마음을 가지런히 하고 나면 다시 먼 길을 갈 힘이 난다. 남들이 좋다는 이 길 저 길 기웃거리지 않고 시를 등불 삼아 오롯이 내 길을 갈 배짱이 생긴다.

시는 이처럼 힘이 세다. 특히 아프고 쓰린 마음을 위로하는 데는 시만 한 게 없다. 내 경우, 취직을 못해 천덕꾸러기였던 시절에는 "나는 비애로 가는 차 그러나 나아감을 믿는 바퀴"(허수경, 「꽃 핀 나무 아래」)라는 시구를 일기에 쓰며 입술을 깨물었고, 막상 취직을 하여 날밤을 새우며 갑의 비위를 맞출 때는 "아/ 이러다간 오래 못가지/ 이러다간 끝내 못가지" 하고 「노동의 새벽」(박노해)을 떠올리며 울었다. 비록 사랑을 놓친 실연의 아픔은 백 편의 시로도 감당하기 어려웠지만 그래도 시가 있어 긴 밤을 견딜 수 있었던 것 같다.

돌아보면 기쁠 때는 기쁜 대로 힘들 때는 힘든 대로, 시는 노래가 되고 휘파람이 되고 한숨이 되고 눈물이 되어 행복한 나를 춤추게 하고 아픈 나를 위로해 주었다. 특히나 사람이 밉고 싫어서 마음이 지옥 같을 때 시가 준 깊은 평화는 잊을 수가 없다. 시를 읽으면 파도치던 마음이 잔잔해진다. 정현종이 쓴 「섬」이라는 유명한 시가 있다.

    사람들 사이에 섬이 있다
    그 섬에 가고 싶다

단 2행으로 이루어진 아주 짧은, 그래서 내가 외우는 유일한 시다. 그런데 누군가를 욕하고 미워하는 마음으로는 이렇게 짧은 시도 제대로 읽을 수가 없다. "사람들 사이에 섬이 있다"는 시구

하나를 읽기 위해서도 잠시 마음을 모아야 한다. '저놈의 인간을 확!' 하는 분노를 잠깐이라도 잊어야 사람들 사이에 섬이 있다는 문장이 들어온다. 그리고 일단 들어오면 시구가 마음에 퍼진다. 강물에 물수제비를 뜨듯이 시가 마음에 물수제비를 뜬다. 그리하여 마음이 "그 섬에 가고 싶다"는 다음 시구를 받아들이고, 아주 잠시나마 '저놈의 인간'과 나 사이에 섬이 있다, 그 섬에 가고 싶다는 마음이 된다. 일 초라도 그런 마음을 갖는 것, 그것이 시의 힘이다.

겨우 일 초! 라고 우습게 여길지도 모른다. 하지만 생각해 보라. 단 한 줄의 시를 읽었을 뿐인데 누군가를 미워하고 원망하던 내마음이 바뀌었다면 그게 우스운 일일까? 단 한 줄의 시를 읽기만 해도 밖으로 향하던 내 마음이 안으로 향하여 평화로워질 수있다면 '겨우' 일 초가 아니라 '무려' 일 초라고 해야 할 것이다. 세상에서 제일 어려운 일이 마음을 바꾸는 것이니까.

당신 인생을 위한 시

시는 말수가 적다. 너도 나도 목소리를 높이는 세상에서 압축과 생략으로 이루어진 시는 그 자체로 침묵의 소중함을 일깨운다. 하지만 처음 만난 사람이 말이 없으면 불편하듯이 시도 그래서 서먹하고 친해지기 힘들다. 수수께끼와 비밀이 많은 시를 이해하려면 궁리를 해야 하는데 그게 성가실 때도 있다.

그런데 알면 보이고 보이면 사랑하게 된다는 말처럼 시도 그렇다. 안면을 트고 자주 만나면 친해지고 좋아진다. 물론 그러려면 너무 비밀이 많고 어려운 시보다 수다스럽지는 않지만 그렇다고 너무 과묵하지도 않은 친절한 시부터 읽어 가는 게 좋다. 그래도 어렵고 낯설게 느껴진다고? 하지만 모든 시를 처음부터 끝까지 명확하게 이해하는 사람이 몇이나 될까. 절친한 친구라고 해서 그 속을 다 알 수는 없듯이 시도 그냥 느낌으로 읽고 좋아하는 게 먼저다.

나 역시 사춘기 시절부터 지금까지 오랜 세월 시를 읽어 왔지만 알고 읽은 시보다 모르고 읽은 시가 더 많은 듯하다. 잘 알지도 못하면서 줄기차게 읽은 셈인데, 왜 그랬을까 생각하면 몰라서 좋았던 것도 같다. 곁을 주지 않는 도도한 애인에게 마음이 끌리듯 모르는 애인의 마음을 헤아리다가 내 마음을 헤아리게 되고, 그러다 흔들리는 내 마음을 슬쩍 받아 주는 시가 고맙고 시가 주는 어렴풋한 공감이 좋아서 시를 붙들고 있었던 것 같다.

솔직히 실패한 적도 없고 부족도 모르는 사람은 시를 읽을 필요가 없다. 아니 읽어도 아무 재미가 없을 것이다. 그러나 백석이 그랬듯, "나는 이 세상에서 가난하고 외롭고 높고 쓸쓸하니 살아가도록 태어났다"고 믿는 상처 입은 영혼에게는 시가 무엇보다 좋은 벗이 된다. 시는 결핍이고 상처이고 눈물이기에.

이 책을 뒤적이는 당신에게도 아마 그런 상처가 있을 것이다. 남들에게는 말하지 못한 한숨이 가득 차서 가슴이 답답할지도 모른다. 나이도 먹을 만큼 먹고 책도 읽을 만큼 읽었지만 나는 그런 당신에게 딱히 해 줄 말이 없다. 이렇게 해라 저렇게 살아라, 가르치고 충고하기엔 내가 아는 것이 별로 없다. 경제조차 투입과 산출이 딱 맞아떨어지지 않는데 하물며 사람의 인생을 두고 이렇게 하면 반드시 저렇게 된다고 어찌 장담할 수 있겠는가.

루쉰이 그랬다. 본래 땅에는 길이 없었는데 많은 사람이 걸으면서 길이 생겼다, 희망도 그런 것이라고. 그 말처럼 인생에도 정해진 답이 있는 것이 아니라 스스로 찾아 만든 길이 답이 되는 거라고 생각한다. 그래서 먼 길 가는 당신에게 어설픈 스승 노릇을 하는 대신, 내가 흔들릴 때마다 손을 잡아 주고 빛을 비춰 준 시들을 읽어 주고 싶다. 내가 그랬듯 당신도 시를 읽으며 많이 흔들리고 오래 궁리하면서 당신만의 답을 찾기 바란다. 쉽진 않을 것이다. 길고 어려운 시를 읽는 것보다도 더. 그래도 포기하지 않기를 바란다. 단 한 번뿐인, 오직 당신의 인생이니까.

목차

다행이다 정말 다행이다 뱃속까지 서늘하게 하는 말, 다행이다

장애인 엄마가 지하철 계단에서 아기를 업고 구걸하더니 밤이
되자 툭툭 자리를 털고 일어났단다. 멀쩡한 몸으로.

내가 그걸 봤다면 어땠을까? 아마 몹쓸 꼴을 본 것처럼 눈살을
찌푸렸겠지. 반찬 값을 건네기는커녕 욕이나 안 했으면 다행이
고, 이래서 내가 적선을 안 한다고 혀를 찼을 거다. 아주 큰 소
리로.

그래, 나라면 그랬을 거다. 이 시를 쓴 시인처럼 다행이란 생각
은 꿈에도 못했으리라. 분명 그랬을 것이다.

그러고 보니 불행이다, 이런 나야말로. 차디찬 돌바닥에 엎드려
구걸하는 아기 엄마를 상대로 손가락질이나 하는 옹졸하고 몰
인정한 심보라니. 그런 심보를 키워 온 나야말로 참 불행이다.

당신은 어떤가? 다행인가, 불행인가?

천양희, 「다행이라는 말」, 「나는 가끔 우두커니가 된다」, 창비, 2011.   **25**

나의 아버지. 저 좋은 밤으로 순순히 들어가지 마시라.

모처럼 아버지를 뵈러 갔더니 오빠가 와 있었다. 파킨슨병으로 손을 떠는 구순의 아버지께 머리가 허옇게 센 오빠가 찻숟가락으로 양갱을 조금씩 떠넣어 드리고 있었다. 평소 식구들이 모인 자리에서 늙은 아버지에게 입바른 소리를 잘해 내가 흰 눈으로 보던 오빠였다. 나는 잠자코 방문을 닫았다. 어쩌면 내가 뭔가를 모르고 있는지도 모른다는 생각이 들었다.

하긴 오빠만이 아니라 아버지에 대해서도 나는 종종 허방을 짚는다.

노인들은 으레 아프다가 죽을까 봐 걱정을 하기에 나는 아버지도 당연히 그러리라 했다. 한데 아버지는 아니란다. 자다가 죽는 건 싫다고, 죽는 줄도 모르고 죽는 것보다는 좀 괴롭더라도 죽음이 뭔지, 어떻게 오는지 알고 싶다고 하신다.

"그래서 알게 되면 너에게 가르쳐 줄게. 죽을 때가 되면 말하기가 힘드니까 신호 같은 걸 만들어 둬야 할까?"

볕 좋은 가을 아침, 아버지는 세상을 뜨셨다. 죽음이 어떻게 오는지 가르쳐 주신댔지만 걱정하신 대로 말할 기운이 없으셨다. 하지만 괜찮다. 아흔의 나이에도 신문 네 가지를 챙겨 보며 세상을 분석하고 앞날을 대비하던 아버지에게서 삶의 엄중함을 배웠듯이, 아들딸 사위 며느리 손자 손녀까지 온 자손의 배웅 속에 편안히 떠나신 아버지에게서 순명順命의 지극함을 배웠으니.

세상엔 아직 내가 모르는 일이 너무나 많고 내 좋은 스승은 이제 여기 없지만 그래도 괜찮다. 나보다 작아진 몸으로도 태산 같은 가르침을 주셨던 아버지를 생각하면, 나는 괜찮다. 괜찮아야 한다. 괜찮고말고······.

딜런 토머스, 「저 좋은 밤으로 순순히 들어가지 마오」(Do not go gentle into that good night)

모든 경계에는 꽃이 핀다

초등학교 때 책상 한가운데 금을 긋고 "넘어오지 마!" 하고 티격태격하던 기억 때문일까. '경계'라고 하면 무조건 나와 너를, 안과 밖을, 우리와 그들을 가르는 서슬 퍼런 금부터 떠올렸다.

그 경계가 나와 너의 사이, 안과 밖의 사이, 우리와 그들의 사이이기도 한 것은 몰랐다.

그 사이에서 꽃이 핀다는 걸 몰랐다.

시인의 놀라운 상상력이 아니었으면 죽을 때까지 몰랐을 것이다. 만날 편 가르기나 하고 보초나 서면서, 온 세상 꽃들이 다 시들도록 전전긍긍 호시탐탐 늙어 갔을 것이다.

함민복, 「꽃」, 『모든 경계에는 꽃이 핀다』, 창비, 1996.

왜 나는 조그마한 일에만 분개하는가

열여덟, 처음 이 시를 읽었을 때 키득키득 웃었어. 고깃국에 고기는 없고 비계만 나왔다고 분개하는 시인 아저씨가 우습기도 하고 시인이란 사람은 나랑 다른 줄 알았는데 비슷하구나 싶어서 가깝게 느껴졌지. 그 아저씨가 마포구 구수동 우리 동네에 살다가 내가 매일 버스를 기다리던 정류장 근처에서 교통사고를 당했다는 걸 알고선 더 그랬어. 남 같지가 않더라고. 그래선지 시의 마지막에서 아저씨가 "모래야 나는 얼마큼 작으냐" 하고 탄식하는데 울컥하더라. 그때 다짐했지. 어른이 되면 아저씨가 바라던 대로 중요한 일에만, 힘 있는 사람에게만 분노하는 큰 사람이 되어야지, 하고.

시간이 흘러 난 어른이 되었어. 아저씨가 시를 쓸 때보다 더 늙어 버렸어. 가발 공장이 즐비하던 변두리 우리 마을에는 고층 아파트가 빼곡하고 죽은 시인을 기억할 건 아무것도 없지.

나도 좀 변했어. 지금의 나로 말하면, 조그만 일에만 분개해. 작고 사소한 일이야말로 중요한 일이라고 역설하지. 욕하는 청소년, 뽕 맞는 연예인, 더러운 음식점, 술 취한 노숙자, 쓰레기 무단 투기, 불법 주차, 새치기…… 분개할 거리가 너무 많아서 "먼지야 풀아 나는 얼마큼 작으냐" 하고 탄식할 시간도 없다니까.

김수영, 「어느 날 고궁을 나오면서」, 「김수영 전집 1」, 민음사, 2003.   **31**

나는 내 인생이 마음에 들어,

열여섯이던가. 나는 그 나이에 빨리 어른이 되고 싶었는데 녀석은 싫단다. 어른이 되면 돈도 벌어야 되고 책임질 일이 많아진다나. 하, 요즘 애들은 정말 똑똑하다.

그런데 어떡하니. 어차피 넌 어른이 될 테고 돈도 벌어야 하고 하기 싫은 일도 해야 할 텐데.

그래도 괜찮아. 진짜 재미없고 참기 힘들 때는 소리 내 말하는 거야. 구름이 놀라 달아날 만큼 큰 소리로.

나는 내 인생이 마음에 들어!

나는 내 인생이 마음에 들어!

소리치다 보면 아마 넌 웃게 될 거야. 눈물이 글썽해지도록.

이근화, 「나는 내 인생이 마음에 들어」, 『우리들의 진화』, 문학과지성사, 2009.

내게 진실의 전부를 주지 마세요.

한때 내게 연정을 품기도 했던 착한 후배를 십 년 만에 만나기로 했다. 다른 날보다 신경 써서 '꽃단장'을 하고 나갔다.

퇴근 시간 지하철역, 사람들로 북적이는 3번 출구 신문 가판대 앞에서 마주친 순간, 반가워 웃는 나를 향해 후배가 부르짖었다. 아주 슬픈 얼굴로.

"아, 누나! 왜 이렇게 늙었어?"

왜 이렇게 늙었느냐고? 너만큼이나 정직한 시간 때문이지 뭣 때문이겠니!

울라브 H. 하우게, 황정아 옮김, 「내게 진실의 전부를 주지 마세요」, 『내게 진실의 전부를 주지 마세요』, 실천문학사, 2008.

사랑을 잃고 나는 쓰네

실연을 당했을 때, 죽을 것 같은 시간을 견디기 위해 여러 가지를 해 보았어. 약국을 돌아다니며 수면제를 사 모으기도 하고, 속이 뒤집히도록 술을 마시기도 하고, 입에서 단내가 나도록 친구들에게 하소연을 하기도 했어.

그래도 견딜 수 없어서 견딜 수 없는 마음을 쓰기 시작했어. 나를 견딜 수 없게 한 무정한 사랑에 대해 썼지. 그 사랑의 역사를 시작부터 끝까지 복기하듯이 써 내려갔어. 한참 쓰다 보니 눈물이 마르고 팔이 아프더군. 허리도 쑤시고 다리도 저렸어. 그래서 밖으로 나갔지. 세상이 참 예쁘데.

큰돈을 벌지도 못하는데 왜 글을 쓰느냐고 누가 묻더군.
나는 대답했어.
사랑 없는 세상을 견디기 위해서.

기형도, 「빈 집」, 『입 속의 검은 잎』, 문학과지성사, 1989.

나는 비애로 가는 차 그러나 나아감을 믿는 바퀴

내게도 미래가 있을까? 내 꿈을 이룰 수 있을까? 내가 원하는 인생을 살 수 있을까? 내가 원하는 인간이 될 수 있을까? ……

그 모든 물음에 똑 부러지게 "물론이지!" 하고 답하지 못했던 시절에 일기를 썼다.

더 오래 살면 그때는 이제 재가 되어도 좋아, 하고 뒤로 물러나 앉자. 지금은, 아직 아니다. (……) 나는 오늘도 나를 이렇게 재우친다. 나는 나아감을 믿는 바퀴. 믿지 않으면 넘어지리니.

오래전 일기를 보며 그때를 그리워한다. 질문을 두려워 않던 나를, 나아감을 믿었던 나를, 아직 젊던 나를.

허수경, 「꽃핀 나무 아래」, 『혼자 가는 먼 집』, 문학과지성사, 1992.

채울수록 가득 비는 꽃 지는 나무 아래의 허공

봄날은 가물어서 비가 오면 반갑지만, 그 빗줄기에 우수수우수수 꽃잎이 쏟아지는 것을 보면 말문이 막힌다.

그런데 '채울수록 가득 비었다'고, 떨어지는 봄꽃에서 먼 우주의 시간과 공간을 읽다니!

한 편의 시가 흩날리는 저 꽃잎처럼 말문을 막는다.

나 다 자랐다、 삼십 대、 청춘은 껌처럼 씹고 버렸다、

살면서 후회되는 일은 많다. 하지만 다시 돌아가도 별수 없을 것 같다.

그래도 시간 여행을 하라고 등을 떠민다면, 그래, 삼십 대로 돌아가고 싶다. 껌처럼 씹고 버린 청춘에 절망하는 대신 짝짝짝 불량하게 껌을 씹으면서 남은 젊음을 만끽하고 싶다.

심보선, 「삼십 대」, 「슬픔이 없는 십오 초」, 문학과지성사, 2008.

어제를 동여맨 편지를 받았다.

이 시가 쓰이고 읽히던 시절엔 편지란 오로지 우표를 붙여 우체통에 넣어야만 하는 것이었어. 하루에도 수십 번씩 메일을 주고받는 일 같은 건 상상도 할 수 없었지. 그러니 나는 오늘을 써도 받는 이는 어제를 받을 뿐이었지만, 그래도 상관없었어. 다들 나무늘보처럼 느릿하던 시절이라 어제나 오늘이나 별 다를 건 없었으니까. 전화를 안 받는다고, 문자를 씹었다고, 마음이 변했느니 어쩌니 괘씸해할 일도 없었지.

이쯤은 아무것도 아니야. 18세기 조선의 실학자 홍대용은 딱 한 번 만난 중국 친구들이랑 편지로 우정을 쌓았는데, 편지를 보내면 몇 달은 예사고 때론 몇 년씩 걸리기도 했대. 그러니까 일 년 전 편지에 답장을 쓰고 있는데 반년 전에 쓴 편지가 오는 식이었지. 홍대용의 중국 친구 엄성은 갑작스러운 병으로 일찍 죽었는데 마지막 순간까지도 홍대용의 편지를 읽고 그가 준 먹을 가슴에 품고 있었다니, 시간마저 무색케 한 우정이 어땠을지 짐작이 가니?

눈에서 멀어지면 마음에서도 멀어진다지만 아무래도 그 말은 거짓말 같구나. 오래 보지 못한 너에게 나는 오늘도 편지를 쓰는걸. 마음으로 마음을 다해서.

과거지사란 남몰래 버티는 것, 대답하지 않는다.

아무래도 트라우마 바이러스가 창궐하는 모양이다.

지난번엔 텔레비전에서 왕년의 스타가 인조인간이 될 수밖에 없었던 트라우마를 고백하더니, 엊그제는 갓 사귄 친구가 어린 시절의 트라우마를 얘기하면서 자기가 좀 한심하게 굴어도 이해해 달란다.

나는 고개를 끄덕였지만 속으로는, 타인의 연민을 얻고 싶다면 자기 연민부터 버리라던 몽테뉴의 충고를 떠올렸다. 오백 년 전이나 지금이나 인간이란 얼마나 변함없는 존재인가, 새삼 놀라면서.

갈 때는 그냥 살짝 가면 돼

내가 없으면 일이 안 될 줄 알았다. 집안일도 회사 일도 다 엉망이 될 줄 알았다. 심지어 술자리조차 내가 없으면 김빠진 맥주처럼 싱거울 줄 알았다.

아니더라!

그냥 살짝 가면 되는데 그걸 몰랐다.

윤재철, 「갈 때는 그냥 살짝 가면 돼」, 『능소화』, 솔출판사, 2007.

아무것도 아닌 사람으로 쉬다 가게

살면 살수록 세상엔 내가 모르는 것이 참 많구나 깨닫게 된다. 떠날 날을 통고받은 사람의 마음도 그중 하나. 떠나고 싶지 않은데, 아직 떠날 때가 아닌데 떠나야 한다고 떠밀리는 그 마음을 내가 짐작이나 할 수 있으랴.

암으로 오래 투병하던 시인 이윤림의 유고시를 읽으며 헤아릴 수 없는 그 마음을 더듬는다. 시의 제목은 '수렴지실'水簾之室.

자신이 떠난 뒤, 비가 오면 창에 물구슬발水簾을 드리우는 자신의 방을 찾아올 사람에게 그녀는 말한다. '아무것도 아닌 사람으로 쉬다 가라'고. 그것은 떠나는 이가 남은 이들에게 전하는 유언이자 짧은 생을 마감하는 자신에게 보내는 당부였으니, 툭하면 죽고 싶다고 서슴없이 말했던 나 자신이 부끄러워 차마 고개를 들 수 없다.

이윤림, 「수렴지실」, 「생일」, 문학동네, 2000.

너의 죄는 비애를 길들이려 한 것이다

시절마다 유행어가 있다. 요즘 유행어는 '내려놓기'다. 친구들에게 고민이라도 털어놓을라치면 어김없이 내려놓으란다. 다 내려놓으면 홀가분해진단다. 좋은 얘기지만 자꾸 듣다 보니, 똥지게도 아니고 뭘 그렇게 내려놓으라는지 은근히 부아가 난다.

사랑도 성공도 이름도 다 부질없는 걸 누가 모르랴. 사람이라 그 거품 같은 것들을 붙잡으려 애쓰는 것이고 그래서 슬픈 것이지. 그러니 차라리 "네 잘못이야" 하고 말해다오. 길들일 수 없는 비애를 길들이려 한 네 잘못이라고, 콕 집어 말해다오.

내 부질없는 슬픔을 기꺼이 감당할 수 있도록.

조용미, 「검은 담즙」, 『나의 별서에 핀 앵두나무는』, 문학과지성사, 2007.

당신, 끝내 자신이 그렇게 사랑받고 있음을 영영 모르겠지요

처음 이 시구를 읽었을 때 웃었습니다. 감히 내 사랑을 거절한 당신을 떠올리며. 나처럼 지극한 사랑을 줄 사람은 없을 테니 두고두고 후회할 걸, 혼자 의기양양했지요.

그러나 지금, 한 자 한 자 옮겨 적고 보니 웃을 수가 없네요. 사랑받고 있음을 몰랐던 것은 당신이 아니라 나인지도 모른단 생각이 들어서 더 이상 웃을 수가 없습니다. 웃을 수도 울 수도 없어 망연자실. 도대체 내 사랑은 어찌 된 걸까요.

김경미, 「엽서, 엽서」, 『이기적인 슬픔들을 위하여』, 창비, 1995.

모든 끝장은 단호한 거야 난 네게 빚 없어

기생벌은 남의 애벌레 몸속에 알을 까고 그 몸을 먹고 자란대. 정말 나쁜 놈이 아니냐. 몸속에 알을 까는 것도 끔찍한데 그 몸까지 먹는다니, 정말 못된 기생충 같으니라고!

그런데 '관계'라는 제목의 이 시를 읽고 나니 그렇게 말할 수 없더군. 내 인생도 결국 기생이었다는 걸 알았거든. 부모의 살을 먹고 자라서 잘난 척을 했단 말이지. 내가 언제 낳아 달라고 했느냐고, 이 풍진 세상에 낳아 놔서 내가 얼마나 힘든 줄 아느냐고 적반하장으로.

물론 부모도 할 말은 없지. 부모도 부모의 살을 먹고 자랐고, 무엇보다 내 살이 토실토실해지는 걸 보며 살 힘을 얻었거든. 그러니까 우리 모두 서로서로 기생한 거고, 그러니까 우리 모두 서로에게 빚은 없다고 해도 돼. 그런데 왜 나는 자꾸 미안한 걸까.

김선우, 「관계」, 「내 혀가 입 속에 갇혀 있길 거부한다면」, 창비, 2000.

말하라, 모든 진실을, 하지만 말하라, 비스듬히 —

솔직한 게 좋다면서 고작 남에게 가시 돋친 말이나 하고, 거짓말 하지 말라고 하면서 정작 진실을 말하면 입을 막거나 귀를 닫는다. 이런 세상을 보며 어떤 이는 분개하고 어떤 이는 비웃지만, 표현은 달라도 결론은 똑같다. 진실을 감당하기에 인간은 나만 빼고 너무 한심하다는 것.

그러나 평생 고향집을 떠나지 않고 세상이 모르게 2천여 편의 시를 썼던 에밀리 디킨슨은 다르게 말한다. "너무 밝은 진실은 엄청난 놀라움"이니 단번에 드러내지 말고 넌지시 보여 줘야 한다고. 눈부신 태양을 똑바로 볼 수 없듯이 진실도 에둘러서 일깨워야 한다고.

그녀가 자신의 놀라운 진실을 죽을 때까지 감추었던 것도 그래서이리라. 누구보다 빛나는 성취를 이루고도 빛을 욕심내거나 그늘을 원망하지 않고 살았던 것도.

누가 나에게 집을 사 주지 않겠는가? 하늘을 우러러 목 터지게 외친다。

함께 눕고 밥 지어 먹을 집 한 칸이 없어서, 사랑하는 연인은 결혼을 못하고 부모와 자식은 뿔뿔이 흩어진다.

하늘을 우러러 목 터지게 울고 싶은 밤, 견우성 직녀성이 서로를 보며 빛난다. 견우와 직녀도 내 집 마련을 못했나 보다. 그래서 그리 슬피 울었나 보다.

바람이 분다 살아봐야겠다

그런 적 있어요.

언젠가 여름날, 쏟아지는 장대비를 우산으로 피하다가 우산 따위 소용없게 다 젖어 버린 날, 에라, 모르겠다, 몸을 맡긴 적 있어요.

어느 겨울날, 소리 없이 내리는 함박눈을 머리로 손으로 어깨로 받다가 그저 눈사람이 되어 버린 적 있어요.

그런데 이상하죠? 온몸을 적시는 눈비는 두 팔을 벌려 맞이했건만, 몰아치는 저 바람 앞에선 두 주먹을 불끈 쥐었네요. 뿌리 없이 흔들리는 보잘것없는 인생이라고 자조하면서도 바람이 불면 나도 모르게 온몸으로 버텼네요. 흔들리지 않으려고, 한 번은 제대로 살아 보려고.

오규원, 「순례 서」, 『순례』, 문학동네, 1997.

나는 이 세상에서 가난하고 외롭고 높고 쓸쓸하니 살어가도록 태어났다 중국 당나라 때 이징이란 사람이 있었어. 재주가 있어 일찍 과거에 급제했지만 타협을 모르는 성미 때문에 승진도 못하고 인정도 못 받았지. 세상사에 염증을 느낀 이징은 관직을 때려치우고 시에 전념했어. 세상과 야합하느니 예술로 후세에 이름을 남기겠다고 마음먹었지. 그러나 예술로 일가를 이루는 것은 쉽지 않았고 가난 때문에 다시 관직에 나갔지만 옛 동료들 밑에서 일하는 생활을 견딜 수가 없었어. 결국 발광을 한 그는 사람을 잡아 먹는 호랑이가 되고 말았어. 어느 날 숲에서 옛 친구와 맞닥뜨린 이징은 자신이 호랑이로 변한 사연을 이야기하며 이렇게 말했어.

"나는 사람들과 어울리기를 꺼렸다네. (……) 나의 겁 많은 자존심과 존대한 수치심 때문이라고 할 수 있을 걸세. 내가 구슬이 아님을 두려워했기 때문에 애써 노력해 닦으려고도 하지 않았고, 또 내가 구슬임을 어느 정도 믿었기 때문에 평범한 인간들과 어울리지도 못했던 것이라네."*

너를 모욕하는 세상을 벗어나 흰 바람벽 안으로 숨고 싶은 네 마음을 모르지 않아. 그러나 너를 모욕한 이들을 원망하기 전에 네가 세상을 모욕하지는 않았는지 돌아보렴. 스스로를 높이기 전에 네가 누군가를 너만큼 높인 적이 있는지 생각해 보렴. 혹시 세상보다 먼저 네가 벽에 벽을 치지는 않았는지, 한 번만 의심해 보렴.

*나카지마 아츠시, 명진숙 옮김,「산월기」,『역사 속에서 걸어나온 사람들』, 다섯수레, 1993.

그를 항거한 뒤에 남에게 대한 격분이 스스로의 슬픔으로 화하는 찰나에 당신을 보았습니다.

때론 정의를 위해서, 때론 사랑을 위해서, 때론 자존심을 지키려, 때론 오직 분에 못 이겨서 온 힘을 다해 외쳤다.

"아니요!"

내가 외치면 세상이 따라서 '아니요!' 하고 합창해 주리라 기대하진 않았다. 그래도 이렇게까지 외로워질 줄이야······. 스스로가 처량해지며 다 소용없구나, 절망에 몸을 던지려는 순간 떠오르는 얼굴 하나.

그것이 부모든 자식이든 애인이든 예수든 석가든 마르크스든, 절대 이성, 영원 회귀, 리비도, 유전자 기타 등등 무슨 상관이랴. 아직 내가 붙잡을 동아줄이 있다는 게 중요하지. 그게 썩은 동아줄이라도 내가 잡고 있다는 게 중요하지.

그런데 너는 왜 자꾸만 내 동아줄이 썩었다고 시비를 거는 것이냐?

저녁엔 종일 일어서던 마음을 어떻게든 앉혀야 할 게다

뜨물에 쌀을 안치듯 빗물로라도 마음을 가라앉혀야 하리라 저녁이면 들르는 참새방앗간, 집 앞 구멍가게에서 맥주를 산다.
온종일 바람난 마음을 용케 붙잡은 내가 기특해서 한 잔, 아직도
늦지 않고 일어서는 마음이 대견해서 또 한 잔.
하루가 저문다.

엄원태, 「저녁」, 『물방울 무덤』, 창비, 2007.

한때 간곡하게 나이기를 바랐던 사랑은 인간의 일이었지만

그 사랑이 죽어서도 나무인 것은 시간들의 일이었습니다

사랑을 할 때 처음, 사람으로 태어난 것이 기뻤습니다. 사람이 하는 일치고 사랑만 한 것이 어디 있나요.

아쉽게도 그런 사랑을 한 지 너무 오래되었어요. 이젠 다 끝났다고 슬퍼했는데, 아! 아직 나무가 될 날이 남았네요.

시간은 늘 야속한 줄만 알았는데 시간이 하는 일도 제법 근사하구나. 가는 시간을 쓰다듬어 주고 싶어요.

안현미, 「시간들」, 「이별의 재구성」, 창비, 2009.

내 정원에는 어떤 목소리의 새가 날아왔던가.

나는 이 세상에 나서 어떤 나무를 심어 왔고,

결혼한 이듬해 봄, 산에 나무를 심었다. 가느다란 산벚나무 한 그루.

도저히 못 살겠다 싶을 때 산에 올라 나무를 보았다. 하루가 다르게 튼실해지는 나무가 위로가 되었다. 잘 자라는 나무를 두고 딴생각을 하는 건 나무에게 미안했다.

지금은 산에 가도 내가 심은 나무가 어디 있는지 알 수가 없다. 훌쩍 자란 나무들로 산이 울창해져서 어디가 어딘지 길눈 어두운 나는 짐작도 못한다. 그래서 요즘은 딴마음이 들면 그냥 산에 기댄다.

나는 나무를 심었다. 하지만 나무를 키우고 나무에 새를 깃들인 건 내가 한 일이 아니다. 나는 모르는 누가 나 모르게 한 일이다. 그래서 다 고맙다.

이홍섭, 「귀 조경」, 「터미널」, 문학동네, 2011.

이렇게 하루가 오고, 한 달이 가고, 한 해가 오고, 모든 한살이들이 오고가는 것이거늘, 거기, 물이, 아무 일도 아니라는 듯, 다시 결가부좌 트는 것이 보이느냐

젊어서 엄마는 귀신이 나오는 무서운 영화를 보고도 캄캄한 지하실로 연탄불을 갈러 가고 징그러운 가물치도 산 채로 끓는 물에 집어넣어서 나를 놀랬다. 늙어서 형제들과 친구들을 먼저 보내고도 슬픔에 몸져눕지는 않았기에 나는 엄마가 무정하다 생각했다. 그런데 연못을 두고 '물이 결가부좌를 튼다'라고 표현한 이 놀라운 시를 읽고서야 내가 틀린 걸 알았다.

스물네 살 때 엄마는 엄마의 엄마를 잃었다. 지독한 시집살이에 시달리던 어느 날, 어린애를 들쳐 업고 무작정 산소로 달려간 엄마는 그리운 엄마를 부르며 해가 지도록 울었다.

시간이 지나고 다시 울음이 목까지 차오른 날, 엄마는 또 산소로 달려가서 울었다. 엄마, 엄마, 나 어떡해! 묏등에 얼굴을 묻고 얼마나 통곡했을까. 문득 엄마는 깨달았다. 엄마는 없구나, 내가 아무리 울어도 엄마는 날 위해 아무것도 해 줄 수 없구나. 그 뒤로 엄마는 혼자서 견뎠다.

엄마의 무정이, 삶을 뒤흔드는 바람에 맞선 유일한 몸짓 결가부좌였음을 오늘에야 알았다.

이문재, 「물의 결가부좌」, 「물의 결가부좌」, 동학사, 2007.

산과 산이 마주 향하고 믿음이 없는 얼굴과 얼굴이 마주 향한

항시 어두움 속에서 꼭 한 번은 천동 같은 화산이 일어날 것을 알면서

요런 자세로 꽃이 되어야 쓰는가.

불가사의다. 종전이 아니라 휴전 중인, 그러므로 언제든 다시 전쟁이 시작될 수 있는 한반도에 살면서도 돈 걱정, 교육 걱정, 취직 걱정에 건강 걱정까지 전쟁 걱정만 빼놓고 다 한다. 세계 분쟁 지도에는 빨간색으로 표시된 위험 지역인데도, 거기 사는 우리는 시리아와 팔레스타인, 아프리카를 불쌍히 여기며 평화롭다 자부한다.

전쟁을 끝낼 노력은 눈곱만큼도 안 하면서 전쟁이 일어날 리는 없다고 믿는 이 순진한 신앙!

부디 세상이 우리를 배반할지라도 슬퍼하거나 노여워지는 말아야 할 텐데. "천동 같은 화산"이 진짜로 일어날 줄은 몰랐다고, '뒷북'은 치지 말아야 할 텐데.

나의 생은 미친 듯이 사랑을 찾아 헤매었으나

단 한 번도 스스로를 사랑하지 않았노라

사랑받는 여자보다 사랑하는 여자가 되고 싶었다. 나는 주체적인 여자니까.

물론 지금은 안다. 내가 주체적인 여자여서가 아니라 단지 누가 나를 사랑한다는 것이 영 믿기지 않았던 것뿐이다.

도대체 왜 나를? 세상에 근사한 사람이 이렇게나 많은데 왜? 왜 나를 사랑해? 왜 나를 사랑해? 정말 사랑해? 나를 사랑해?

사랑해?

사랑해?

사랑하는 이가 도망갈 때까지 묻고 또 물었던 나.

스스로를 사랑하지 못한 나 때문에 피곤했던 애인들이여, 미안하다.

기형도, 「질투는 나의 힘」, 『입 속의 검은 잎』, 문학과지성사, 1989.

이 꽃그늘 아래서

내 일생이 다 지나갈 것 같다.

아홉 살이나 열 살쯤, 어느 날 엄마랑 단둘이 고궁에 갔습니다. 그런 일은 처음이라 난 신이 났습니다. 그런데 버스를 타고 창덕궁까지 갈 때도, 내려서 후원으로 걸어갈 때도 엄마는 내내 조용했습니다. 우리는 커다란 나무 아래 벤치에 앉았습니다. 나는 심심했습니다. 재미난 구경도 하고 싶고 맛있는 군것질도 하고 싶은데 대궐 후원은 나무와 꽃뿐, 인적조차 드물었지요. 다른 데가자고 엄마를 조르고 싶었지만 그럴 수가 없었습니다. 큰 소리로 야단도 잘 치고 웃기도 잘하던 엄마가 그날은 조용히, 다만 조용히 꽃나무 그늘 아래 앉아 있을 뿐이었습니다. 그 모습이 슬퍼서 잠자코 있었는데 더럭 겁이 났습니다. 엄마 마음이 저 멀리 떠나는 게 보였습니다. 나를 두고 아주 멀리 가 버리는 게 느껴졌습니다.

나는 벌떡 일어섰습니다.

엄마, 가자. 심심해, 가자.

엄마는 쓸쓸히 웃더니, 그래 가자, 하고 내 손을 잡았습니다. 나는 그 손을 꼭 잡았습니다.

지금 나는 혼자 꽃그늘 아래 앉아, "기다림 하나로도 깜박 지나가버릴 生(생)"을 생각합니다. 통 끝나지 않을 것 같던 기다림이 저무는 것을 묵묵히 지켜봅니다.

엄마가 보고 싶습니다.

어디서 무엇이 되어

다시 만나랴

우주학자 마틴 리스가 말하기를, 우리는 모두 별이 남긴 먼지란다.

그러니까 막 따지고 들어가면, 나도 당신도 모두 별에서 왔다고 할 수 있단 얘기다.

그래서일까, 저녁 하늘에 반짝이는 총총한 별을 보면 그리운 애인인 양 "어디서 무엇이 되어 다시 만나랴"라는 시 구절이 떠오르고, 평소에는 먼지만도 못하게 여겼던 나도 당신도 한없이 그리워 어쩐지 눈물이 날 것만 같다.

김광섭, 「저녁에」, 『성북동 비둘기』, 시인생각, 2013.

길가에 지은 집처럼

너무 많은 밑줄이 너를 지나갔다.

누구는 재미있다고 하고, 누구는 피곤하다고 하고, 누구는 소심하다고 하고, 누구는 자신만만하다고 하고, 누구는 젊다고 하고, 누구는 삭았다고 하고, 누구는 부럽다고 하고, 누구는 그렇게 살지 말라고 한다. 모두 다 나를 두고 한 말이다.

도대체 나는 누구일까?

여태천, 「난독증」, 「스윙」, 민음사, 2008.

그때 나는 신도 사람도 믿지 않아

잡을 검불조차 없었다

모르는 사람한테서 시인에게 문자가 왔대요. "나지금입사시험보러가잘보라고해줘너의그말이꼭필요해"
낯선 이의 문자 앞에서 시인은 지난 시절을 떠올렸대요. 아무 데에도 의지할 수 없었던 시절을.

서점에 선 채로 시 한 편을 다 읽었어요. 잠시 움직일 수 없더군요. 가슴에 쥐가 나서 가만있었어요.
일 분쯤 가슴에 손을 얹고 가만히.
내가 왜 그랬는지 궁금하다면 당신도 끝까지 읽어 보세요. 아마 나처럼 당신도 가만히 있게 될 거예요. 가슴에 쥐가 나서 어쩔 수 없을 거예요.

아직 세우지 않은

감옥에 갇혀 있습니다

인터넷이란 게 막 유행하기 시작할 때입니다. 인터넷 사용법에 대해 한 시간짜리 강의를 들었습니다. 인터넷이 무엇이며 뭘 할 수 있는지 설명을 한 뒤에 선생님이 말했습니다.

"자, 각자 아이디를 만드세요. 아이디는 제2의 이름이라고 할 수 있으니 자기를 잘 나타낼 수 있는 이름을 생각해 보세요."

부모님이 정해 준 이름에 평소 불만이 많던 나는 심각하게 고민했습니다. 제2의 이름이라……. 뭔가 나를 잘 나타내면서도 근사해 보이는 이름이 뭐가 있을까?

끙끙대다가 꽉 떠올랐습니다. 'freeprison.' 자유를 꿈꾸지만 한 번도 자유롭지 못했던 나 자신을 드러내는 이름 '자유감옥.' 언젠가 탈옥에 성공하면 미련 없이 이 아이디를 버려야지. 당찬 포부로 난생처음 만든 아이디입니다.

한데 지금까지도 내 아이디는 'freeprison.' 이미 일어난 일과 일어나지도 않은 일들을 걱정하느라 나는 여전히 독방에 갇혀 있고 내 아이디는 바뀔 줄을 모릅니다.

잘랄루딘 루미, 이현주 옮김, 「나는 있습니다, 그리고 없습니다」, 『모든 것을 사랑에 걸어라』, 꿈꾸는돌, 2003.

하지만 오늘은 너에게
나를 빌려주고 싶구나.

시인이 어릴 적 친구를 생각하며 쓴 시의 한 구절.

시인의 친구는 열두 살 때 담임에게 두 뺨이 달아오르도록 따귀를 맞았다고 한다. 글씨를 잘 썼지만 친구의 글씨를 흉내 내 선생에게 칭찬을 받은 시인과 달리 한 번도 칭찬을 듣지는 못했고, 그러다 열네 살에 큰물에 빠져 죽었다 한다.

내 친구들이 떠오른다.

초등학교 졸업하고 공장에 간 친구, 교복 입은 나를 보고 저만치서 담장 뒤로 숨던 친구, 행상하는 어머니와 광부 아버지를 걱정하던 친구, 어린 동생을 업고 집안일을 하느라 숙제를 못해 와서 툭하면 쾅쾅 출석부로 머리를 맞던 내 짝꿍.

내 삶의 많은 시간은 그 애들이 빌려준 것인데…….

신해욱, 「보고 싶은 친구에게」, 『생물성』, 문학과지성사, 2009.

내게는 도무지 사는 일이 왜

건너는 일일까

물처럼 흐르고 싶었다. 흘러 흘러 너른 바다에 닿고 싶었다. 그렇게 살고 싶었다.

한데 흘러야 할 순간이 오면 나는 늘 머뭇거렸다. 이대로 흘러도 좋을까 망설이다가 결국 물살을 피해 건너는 편을 택했다.

건너편 강둑에서 흐르는 강물을 보며 후회했다.

함께 흐를 것을, 물이 되어 흐를 것을 왜 끝내 돌이 되었을까.

백무산, 「강박」, 「초심」, 실천문학사, 2003.

세상은 사랑하기에 좋은 곳

이보다 더 좋은 곳을 나는 알지 못한다.

열한 살 때 아버지를 잃고 오 년 뒤 어머니마저 세상을 떴다. 갖은 노동을 하며 고학해서 시인으로 이름을 얻고 사랑하는 이와 결혼해 여섯 아이를 낳았으나, 첫아들은 여덟 살에 콜레라로 죽고 둘째 아들은 자살했다. 그렇게 네 아이를 잃고 평생을 우울증에 시달리다 세상을 떠났을 때, 그의 곁에 남은 것은 정신병원에 간 둘째 딸을 포함해 두 딸뿐.

그러나 시인은 말한다. 이 세상은 사랑하기 좋은 곳이라고.

삶이 이런데 어찌 엄살을 피우랴.

로버트 프로스트, 「자작나무」(Birches).

그냥 있어볼 길밖에 없는 내 곁에

저도 말없이 그냥 있는다

세상에서 제일 어려운 말이 위로와 충고다.
말로 할 수 없는 것을 말로 하려니 번번이 허방을 짚고 만다.
가만히 곁에 있어 주는 위로,
조용히 몸으로 보여 주는 충고,
달리 무엇이 있는가?

김사인, 「조용한 일」, 『가만히 좋아하는』, 창비, 2006.

돌아보면 참 길게도 오만했다

내 젊음은 하필 그때였단 말인가, 고

오래전 청춘을 지난 이들은 말한다. 화무십일홍花無十日紅이라, 열흘 붉은 꽃 없으니 젊음을 낭비하지 말라고.

하지만 기꺼이 오만하고 기꺼이 실패해도 좋을 때가 언제인가. 생애 단 한 번 마음껏 낭비할 수 있는 때가 청춘이 아니던가!

반성은 나중에, 청춘이 다 지난 뒤에 해도 된다. 그때 짐짓 깨달은 얼굴로, 화무십일홍이니 젊음을 낭비하지 마, 하고 잘난 척해도 된다.

김형수, 「젊음을 지나와서」, 『빗방울에 대한 추억』, 문학동네, 1995.

어제는 내가 졌다

그러나 언제쯤 굴욕을 버릴 것인가

세 번쯤 시험에 떨어지니까 원서를 넣기가 겁이 났다. 세 번 네 번 다섯 번 원고를 퇴짜 맞으니까 글 쓰는 게 아무래도 내 일이 아닌가 보구나, 의심이 깊어졌다.

'노'No에 익숙해지고 실패에 이골이 났다. 그렇다고 아프지 않은 건 아니다. 만날 꼴등을 한다 해서 꼴등이 아무렇지 않은 건 아닌데 사람들은 아무렇지 않은 줄 안다. 실패에 적응이 되는 사람은 없다는 걸 실패하지 않은 사람들은 모른다. 그래서 모욕을 준다. 지고도 창피한 줄 모른다고 모욕한다. 바보들!

깨지고 모욕당하면서 배운 것이 있다. 실패했다고 모욕까지 느낄 필요는 없다는 것.

진짜 굴욕스러운 건 실패할까 두려워 싸움을 피하는 것.

겁나서가 아니라 더러워서 피하는 거라고 자신을 속이는 것.

제가 못 먹는 포도는 신 포도라고 박박 우기던 여우처럼, 패배를 부인한 채 비겁하게 사는 것이다.

황규관, 「패배는 나의 힘」, 『패배는 나의 힘』, 창비, 2007.

사람들의 옷깃에 검불처럼 엎혀 있는 쓸쓸을

손으로 살며시 떼어 주기도 하네

혼자 밥 먹고 혼자 영화 보고 혼자 차 마시는 데에 이골이 났다. 아직 혼자서 술집에는 못 가지만 어지간한 건 혼자가 편하다. 그래도, 아니 그래서 쓸쓸하다. 쓸쓸하다 못해 슬프기도 하다. 나만 쓸쓸한 것 같아서.

다른 사람들의 옷깃에 얹힌 "쓸쓸"을 알게 된 지금, 부끄럽기도 하고 반갑기도 하다. 나만 쓸쓸한 게 아니라서 반갑고, 우리가 함께 쓸쓸해서 다행이다 싶다.

잘 지내냐는 안부는 안 듣고 싶어요

안부가 슬픔을 깨울 테니까요

성격도 좋고 머리도 좋고 행동거지도 의젓해서 여러모로 나보다 나은 친구가 있습니다. 소갈머리가 좁은 터라 보통 그러면 질투가 생기는데 그 친구한테는 한 번도 그런 마음이 들지 않았습니다. 오히려 친구가 잘 살수록 내가 힘들고 괴로울 때 마음껏 위로받을 수 있어서 좋았습니다.

그런데 친구에게 힘든 일이 생긴 걸 알았습니다. 내가 받은 위로를 돌려주고 싶어 만났지만 무슨 말을 해야 할지 모르겠더군요. 잘 지내냐, 안부를 물으면 오히려 그의 아픔을 건드릴 것 같아 아무 말도 할 수 없었습니다. 친구는 내내 씩씩했고 나는 내 힘든 것만 얘기했습니다. 헤어질 시간이 되었습니다. 잘 가, 손을 흔들던 친구가 말했습니다. 잘될 거야, 다 잘될 거야. 그렁그렁한 눈으로 웃으며 말했습니다. 다짐하듯이.

친구에게 소식이 없는 지 오래지만 걱정하지 않습니다. 다 잘되었을 겁니다. 현명한 사람이니 잘 견디고 이겨 냈을 겁니다, 내 위로가 없어도.

그래서 안부를 물을 수도 안부를 전할 수도 없는 나는,

"내가 하는 말을/ 나 혼자 듣고 지냅니다/ 아 좋다, 같은 말을 내가 하고/ 나 혼자 듣습니다".

이 시의 제목은 「그래서」. 그래서 친구 생각이 났습니다.

김소연, 「그래서」, 『수학자의 아침』, 문학과지성사, 2013.

고통에 찬 달팽이를 보거든 충고하려 하지 마라.

스스로 고통에서 벗어날 것이다.

어릴 때부터 고민 상담을 잘했다. 선생님에게서 선생님보다 낫구나 하는 칭찬을 듣기도 했다. 우쭐했다. 친구, 식구, 후배, 동료……. 나중엔 나보다 나이 먹은 선배들에게까지 상담역을 자처했다. 내 충고대로 해서 잘된 것을 보고 뿌듯했다. 그런데 고맙다고 하는 사람이 없었다. 괘씸했다. 남 탓은 잘하면서 남의 덕은 모르는군.

나중에 알았다. 어떤 사람이 충고를 듣고 잘됐다면 그건 내 덕이 아니라 남의 말을 잘 듣고 행한 그의 덕임을. 그가 충고를 구한 게 나만이 아니란 것을. 더구나 내 말대로 해서 잘못된 경우는 내가 싹 잊어버린단 것도.

요즘은 충고를 하지 않으려고 무진 애를 쓴다. 몸에 밴 습(習)을 바꾸기는 쉽지 않아서 매번 나 자신에게 충고한다.

너, 충고하지 마!

그대들은 그대들 법 따르면 되지

이러쿵저러쿵 말 많은 자 누구인가

조선 최고의 지식인으로 꼽히는 정약용은 철학, 의학, 역사학, 언어학, 법학 등 다방면의 학문은 물론이요, 시 짓기에도 일가견이 있었다.

특히 '생식기를 자른 것을 슬퍼하다'라는 뜻의 「애절양」哀絶陽이란 시가 유명한데, 갓난아이까지 군적에 올려 세금을 거두는 통에 가난한 백성이 견디다 못해 성기를 자른 비참한 사건을 노래한 것이었다. 전통적인 한시를 쓰던 양반들은 이런 파격적인 시에 질색했고, 시는 그런 게 아니라고 야단을 했다. 정약용이 이걸 보고 한마디 했다. 나는 조선 사람이라 조선 시를 쓰는데 뭔 말이 이리 많으냐!

내 길을 가려면 이런 자신감이 필요하다. 물론 실력이 있다는 전제 아래서. 실력은 없이 자신감만 있으면, 어휴⋯⋯.

우리가 물이 되어 만난다면

가문 어느 집에선들 좋아하지 않으랴.

결혼식에서도 종종 낭송되곤 하는 유명한 사랑 시다. 나도 오랫동안 아름다운 사랑 노래로 읽었다.

그런데 나이 탓일까? 어느 날 갑자기 이 시에서 죽음의 이미지가 읽혔다.

죽은 사람을 화장해서 강물에 뿌리는 그림이 그려지며, 죽으면 모든 게 끝나는 것 같지만 사실은 강물이 되어 가문 땅을 적시기도 하고 "아직 처녀인 부끄러운 바다에" 닿기도 하는구나 싶었다. 늙은 죽음이 곧 젊은 생이 될 수도 있구나 싶었다.

그러고 보니 "만리 밖에서 기다리는 그대여 (……) 넓고 깨끗한 하늘로 오라"는 마지막 연이 마치 사랑하는 이에게 남긴 유언 같았다.

너무 슬퍼하지 말라고, 나중에 만나자고, 남은 이를 위로하는 따스한 유언.

강은교, 「우리가 물이 되어」, 『우리가 물이 되어』, 문학사상사, 1986.

내가 모르는 일이 흘러와서 내가 아는 일들로 흘러갈 때까지

잠시 떨고 있는 일

'인생이 뭐야?'라고 누가 물으면 딱 이렇게 대답하고 싶다. 모르는 일이 아는 일이 되어 흘러갈 때까지 떨고 있는 일이야.

그나저나 나는 좀 더 오래 이 물속에서 떨고 있어야 할 모양이다. 아직도 죄다 모르는 일뿐, 도대체 아는 일이 없으니…….

진은영, 「물속에서」, 『우리는 매일매일』, 문학과지성사, 2008.

삼월에 고백했는데 지금은 구월, 서사도 없이 시간은 흘러서

이름 붙이지 못한 구름들이 이리저리 흩어진다

옛날이야기 해 줄까? 별 볼 일 없는 인생이지만 내게도 이야기로 가득 찬 시간이 있었단다. 그 시절에 대해 말해 주고 싶어.

첫눈에 반한 사람, 그와 눈이 마주치고 손끝이 스치며 찌르르 전기가 오르던 순간, 그의 전화를 기다리던 아주 긴 오후, 그의 마지막 눈빛, 그때 내가 본 권태로운 초조에 대해 얘기하고 싶어. 그 뒤로 아주 많은 시간이 흘렀지만 내 이야기는 그것뿐이니 오래 걸리진 않을 거야.

제삿날 큰집에 모이는 불빛도 불빛이지만

해 질 녘 울음이 타는 가을강을 보것네

왜 남의 집 불빛들은 그리도 다정해 보이는지, 왜 사무치게 외로울 땐 다들 그리도 부산한 것인지······.

나만 혼자 하염없이 강물을 벗 삼는 줄 알았다.

그런데 아니구나. 저 강이 저리 붉은 것은 노을 때문이 아니구나. 아무 데도 갈 데 없는 외로운 설움들이, 내 설움 네 설움 한데 어울려 타오르는 까닭이었구나.

탁배기 한잔에 어스름이 살을 풀고

목메인 달빛이 문 앞에 드넓다

회사 다닐 적 생각이 난다. 그 시절의 유일한 낙은 '어스름이 살을 푸는' 저물녘, 퇴근길에 '치맥'을 먹으며 이 사람 저 사람 뒷말을 하던 것이었다. 카!

그러나 무거운 몸으로 술집을 나서 홀로 집으로 돌아갈 때면 벌써 입맛이 썼으니, 달빛에조차 목이 메곤 하였다.

밥벌이의 고단함을 겪지 않았으면 끝내 몰랐을 비유들. 몰랐어도 좋았겠지만 기왕 겪은 시간, 그래도 배운 게 있어서 다행이다.

고정희, 「그대가 두 손으로 국수사발 들어올릴 때」, 「모든 사라지는 것들은 뒤에 여백을 남긴다」, 창비, 1992.

이렇게 살 수도 없고 이렇게 죽을 수도 없을 때

서른 살은 온다.

서른 살이 되던 해 봄, 삶을 지탱했던 신념과 벗과 미래를 잃었다. 강남대로 팔 차선 거리를 대낮에 울면서 걸었다.

그때 이 시를 읽었다. "이렇게 살 수도 없고 이렇게 죽을 수도 없을 때"에 밑줄을 그으며 울었다. 서른 살이 어서 지나기만을 바랐다.

그때는 몰랐다.

마흔이 되어도 쉰이 되어도, 아니 일흔이 되어도 여전히 "이렇게 살 수도 없고 이렇게 죽을 수도 없을 때"라는 시구에 마음이 흔들린다는 것을.

삶은 그런 시간들로 이어진다는 것을.

최승자, 「삼십 세」, 「이 시대의 사랑」, 문학과지성사, 1981.

달빛에 퍼득이는 수면은 재빠르게 페이지를 넘긴다

여기 달 귀퉁이는 언제나 접혀 있다

바람에 일렁이는 물결을 "페이지를 넘긴다"라고 표현하다니.
게다가 '달 귀퉁이가 접혀 있다'라고!

도서관에서 빌린 책에 귀퉁이가 한 뭉텅이나 접혀 있었지만 이 시구 덕분에 너그럽게 웃을 수 있었다.

아름다운 말은 사람을 순하게 만든다. 시는 참 힘이 세다.

기다리지 않아도 오고

기다림마저 잃었을 때에도 너는 온다.

시의 제목은 「봄」. 그러니 여기서 "너"는 봄이다. 하지만 시가 쓰인 1974년엔, 봄은 그냥 봄이 아니었다. 조선 시대 양반의 시에서 '임'이라 하면 사랑하는 임이 아니라 '임금님'이기 마련이고 식민지 시대의 시인에게 '임'은 '조국'이요 '봄'은 '독립'이었듯이, 유신 독재가 한창이던 그 시절 '봄'은 곧 '자유'요 '민주'로 읽혔다.

은유에 하나의 정답만 있던 오래전 얘기다.

지금은 다르다. '너'는 날 버리고 떠난 애인도 되고, 도무지 올 것 같지 않은 제대 날도 되고, 기다리고 기다리던 합격 통지서가 될 수도 있다.

그나저나 내 마음대로 은유를 해석하는 자유, 이 자유가 얼마나 갈까?

요즘처럼 갈수록 지구가 뜨거워진다면 조만간 이 '봄'은 은유가 아니라 진짜 '봄'을 가리키게 될지도 모른다. 계절이 뒤죽박죽된 더운 지구에서 "가까스로 두 팔 벌려 껴안아 보는" 반갑고 고마운 봄으로만 읽힐 날, 그날이 올까 무섭다.

이성부, 「봄」, 「우리들의 양식」, 민음사, 1974.

내가 57세라니

참 우습다

나는 내가 요절할 줄 알았다. 흰머리가 나고 돋보기를 쓸 때까지 계속 살게 될 줄 몰랐다.

공원 벤치에 하염없이 앉아 있는 저 할머니도 몰랐을 것이다.

"포르르포르르" 하던 소녀 적엔 자신이 저리 늙어서 팔랑거리는 계집애들을 하염없이 바라보게 될 줄 몰랐을 것이다.

최승자, 「참 우습다」, 『쓸쓸해서 머나먼』, 문학과지성사, 2010.

아무것도 하지 않는다고 해서
내가 꿈꾸지 않는 것은 아닙니다

요즘 애들은 아무것도 안 하고 빈둥대면서 아무 생각도 안 하고 사는 줄 알았다. 한때는 나도 '요즘 애'였다는 걸 잠시 잊었더랬다.

제가 쓴 유서를 이해할 수가 없어서

종일 들여다보고 있는 왜가리처럼

부모님 말씀에 순종한 효자도 아니고 선생님 말씀에 고분고분한 모범생도 아니었다.

돌아보면 누구 말 들은 적 없이 내 멋대로 살았는데, 아무리 생각해도 내 마음대로 산 것 같지가 않다. 내 인생을 산 것 같지가 않다.

내가 산 내 생의 궤적이 왜 이 모양인지 이해가 안 된다. 도대체 이해할 수가 없다.

김남호, 「참 좋은 저녁이야」, 『링 위의 돼지』, 천년의시작, 2009.

모든 국은 어쩐지

괜히 슬프다

세상에, 국이 슬프다고!

"냉이국이건 쑥국이건/ 너무 슬퍼서// 고깃국은 발음도 못하겠"단다. 지하철 스크린도어에 적힌 시를 읽다가 웃었다. 웃다가 눈꼬리에 달린 눈물을 누가 볼까 얼른 닦았다.

혼자 끙끙 앓다가 식은 밥을 끓여 먹던 어느 봄날, 툭하면 배앓이를 하던 나를 위해 어머니가 끓여 주던 아욱국 생각이 나서 뚝뚝 눈물 흘리던 것이 떠올랐다. 그 어머니 곁을 그토록 떠나고 싶어 하던 내가 떠올랐다.

아, 국은 슬프구나!

김영승, 「슬픈 국」, 『화창』, 세계사, 2008.

네가 왈칵 꽃필 때마다 내 가지는

소스라치게 당겨진 손목이 된다

아무래도 내가 너무 늙은 거다. 길을 걷다가 깜짝깜짝 놀란다. 간신히 엉덩이만 가린 짧은 반바지, 미니스커트를 입은 소녀들이 어찌 이리 많은지. 훤히 드러난 하얀 다리를 슬금슬금 훔쳐보다가 나도 모르게 허!

뉘 집 딸인지 그 부모도 걱정이 늘어지겠군. 아마 저러고 나올 때 엄마가 한 소리 했겠지. "옷차림이 그게 뭐니, 당장 갈아입어."

"요샌 다 이래. 아이, 짜증 나." 딸은 툴툴거리고 그럴수록 잔소리는 늘어지고 둘 사이는 점점 더 멀어지고 말은 안 통하고. 그때 엄마 눈에 들어온 시 한 편. 네가 꽃 필 때 나도 모르게 겁이 난다고, 네가 너무 예뻐서 조마조마하다고, 한 자 한 자 엄마 마음 그대로인 시를 적어 딸에게 건넨다면, 슬며시 내민 그 마음을 보고 바락바락 대들던 딸은 어떨까? 피식 웃어 버릴 것 같다. 어쩌면 뭐 이딴 일로 시까지 쓰냐고 타박을 할지도 모르지. 까짓 미니스커트쯤 안 입으면 그만이라고 할지도 모르고.

뭐, 어쨌건 둘 사이만 나빠지지 않으면 그만. 옷이야 길어지기도 하고 짧아지기도 하지만 한번 멀어진 사람 사이는 되돌리기 힘드니까.

사는 동안 무엇을 성취했느냐고 사람들이 물으면

슬픔이라고

나치 독일에서 브레히트가 '살아남은 자의 슬픔'을 고백했다면, 네팔의 가난한 시인 두르가 랄 쉬레스타는 '살아남은 자의 운명'을 노래했다.

그의 말처럼, 이렇게 사는 것이 무슨 의미가 있나 싶을 때가 있다. 너덜너덜해진 몸과 마음을 짜깁기하는 데도 지쳤을 때, 안간힘으로 버티던 두 팔을 탁 놓아 버리고 싶을 때, 강한 자만이 살아남는 세상에서 모든 것이 부질없어질 때.

그러나 시인은 말한다. 보다 위대한 것은 살아남는 것이라고. 그래, 어쨌든 살아남아야 한다. 위대해지기 위해서가 아니라 서로에 대한 의리로, 슬픔을 견디며 살아가는 서로에게 의리를 지키기 위해서.

두르가 랄 쉬레스타, 유정이 옮김, 「내 운명」, 『누군가 말해 달라 이 생의 비밀』, 문학의숲, 2013.

그대의 뜻을 남들은 알지 못하니

인간 세상은 밤에 고요하도다。

임금이 높은 벼슬을 주며 불러도 응하지 않은 학자들을 훌륭하다고들 하지만 과연 그럴까 의심스럽다. 정치가 잘못되었다고 비판하는 것보다 잘못된 정치를 바로잡기가 훨씬 더 어려우니까.

중국 최고의 시인으로 꼽히는 두보는 집 안에 틀어박혀 시를 쓰기보다 세상에 나가 뜻을 펼치기를 바랐다. 두고두고 사람들을 감동시킨 그의 절창은 모두 세상의 비극에 눈감지 않았던 이 뜨거운 열망에서 나온 것이었다. 그러나 그 꿈이 아무리 뜨겁고 그 뜻이 아무리 높다 해도 어린 자식이 굶어 죽는 참담한 슬픔과 거듭된 세상의 냉대를 견디기는 쉽지 않았으니, 깊은 밤 홀로 깨어 남들이 알아주지 않는 뜻을 되새겨야 할 만큼 그의 생애는 외로웠다.

천오백 년 전에도 사무치는 외로움에 잠 못 들던 시인이 있었다. 그 지독한 외로움에도 끝내 무릎 꿇지 않았던 사람이 있었다. 알고 보면 세상 어디에나 불면의 고독은 있다. 그러니 하소연도 투정도 이제는 그만두자.

내 너무 별을 쳐다보아

별들은 더럽혀지지 않았을까.

'잎새에 이는 바람에도 괴로워했던' 윤동주 시인이 이국의 감옥에서 끔찍하게 죽임을 당하지 않고 조국이 독립하는 것을 보았다면, 좀 더 오래 살아 해방과 전쟁과 독재와 민주화를 겪고 오늘 같은 전무후무한 자본의 시대를 살았다면 어떤 시를 썼을까? 아마 딱 이런 시를 쓰지 않았을까?

이 시를 쓴 이성선 시인은 평생 설악을 벗하며 가슴 시릴 만큼 맑은 시를 써서 읽는 이들을 부끄럽게 만들었다. 심지어 김사인 시인은 아예 이 시구를 그대로 옮겨 적어 시 한 편을 썼으니, "(……) 내 너무 하늘을 쳐다보아/ 하늘은 더럽혀지지 않았을까// 덜덜 떨며 이 세상 버린 영혼입니다"(「다리를 외롭게 하는 사람」)라고 고백했을 정도다.

생판 모르는 타자의 행복을 응원하는

......

사십 년 묵은 노력한 타짜인 거지

나이 먹어서 배운 게 딱 하나 있다. 너의 행복은 나의 행복이고 당신의 불행은 돌고 돌아 내 불행이 된다는 것.

물론 가끔 의심스러울 때도 있다. 저놈의 인간이 불행해지기를 간절히 바라고 싶은 때도 있다. 그러나 복수가 복수를 낳아 세상이 눈물 속에 잠기는 끝을 상상하면 결국 기도하게 된다.

나도 나를 용서할 수 없으니 너도, 도저히 용서할 수 없는 너도 부디 무사히 살라. 내가 나를 용서할 수 있는 그날까지.

성미정, 「김혜수의 행복을 비는 타자의 새벽」, 『읽자마자 잊혀져버려도』, 문학동네, 2011.

이제 나는 산동네의 인정에 곱게 물든 한 그루 대추나무

밤마다 서로의 허물을 해진 사랑을 꿰맨다

……가끔…… 전기가…… 나가도…… 좋았다…… 우리는……

어찌어찌 결혼해서 어찌어찌 살고 있지만 결혼에 대해 나는 해 줄 말이 없다. 인물, 집안, 학벌 다 따져서 고르는 게 좋은지, 그저 사람 하나만 보면 되는지. 다 그만두고 오직 사랑, 사랑만 좇으면 되는지. 나는 도통 모르겠다.

내가 아는 건 딱 두 가지다.

첫째, 사랑하는 사람과 함께라면 그가 바보 온달이라도 좋고, 달동네 산비탈 셋방에 살아도 좋고, 가끔 전기가 나가도…… 나가면 더 좋다는 것.

둘째, 마냥 좋은 그 시간이 썩 오래가진 않는다는 것. 뭐든 유통기한이 있기 마련이니까 당연한 일이지만.

나는 지하철을 타고 당신에게로 갑니다.

……

사랑하지 않는 일보다 사랑하는 일이 더욱 괴로운 날,

밀감보다 더 작은 불빛 하나 갖고서 당신을 향해 갑니다.

캄캄한 어둠 속에서 혼자 지하철을 모는 기관사들은 공황 장애나 우울증 같은 신경 질환을 앓는 일이 많다고 한다. 왜 아니겠는가. 다 같은 사람인데.

아무 풍경도 없는 깜깜절벽 속을 밀감보다 작은 불빛에 의지해 달리는 그이들에게 이 시를 읽어 주고 싶다.

날마다 어둠에 길을 내는 당신이 있어 오가는 내 걸음이 편안했으니, 고맙습니다.

김종해, 「바람 부는 날」, 『바람 부는 날은 지하철을 타고』, 문학세계사, 1990.

그러나 나는 지금 마흔아홉

홀로 망을 짜던 거미의 마음을 엿볼 나이

지금 흔들리는 건 가을 거미의 외로움임을 안다

어떤 아홉수든 아무튼 아홉수는 외롭기 십상이다.

애인도 직장도 없던 스물아홉에도, 합격 발표를 기다리며 마음 졸이던 열아홉에도, 심지어 입이 찢어져 죽었다는 이승복 어린이 때문에 악몽에 시달리던 아홉 살 그때도.

이면우, 「거미」, 『아무도 울지 않는 밤은 없다』, 창비, 2001.

무상이 있는 곳에

영원도 있어

희망이 있다.

위아래로 쪼개져 위아래 모두 자유가 없던 땅에서, 시인은 말만이 아니라 온몸으로 자유를 노래했다. 그 바람에 감옥에서 십 년을 갇혀 있었다.

그의 삶은 나를 부끄럽게 하였으나 솔직히 나는 그의 시를 내 것으로 받아들이지 못했다. 가석방으로 풀려난 시인이 감옥에서 지낸 시간보다 짧은 생을 살고 죽었을 때도 나는 내가 무엇을 놓쳤는지 미처 몰랐다.

뒤늦게 그가 남긴 유시遺詩를 읽었다. 그제야 알았다. '무상이 있는 곳에 희망이 있다'는 한 소식을 접하고야, 여기에 이르기까지 그가 온몸을 던져 산 시간의 무거움과 뜨거움을 비로소 알았다. 죽음 앞에서 생은 투명해지느니, 시인의 마흔아홉 생을 거듭 살아도 나는 삶의 무상에서 희망을 보는 열반에 이르지 못할 것이다. 그러므로 인생은 얼마나 공평한가!

김남주, 「나와 함께 모든 노래가 사라진다면」, 「나와 함께 모든 노래가 사라진다면」, 창비, 1999.

누가 하늘을 보았다 하는가,

누가 구름 한 자락 없이 맑은

하늘을 보았다 하는가.

그날 아침, 교문 앞엔 전경들이 늘어서 있었어. 종종 있는 일, 새삼스러울 건 없었지만 내 가방 속엔 전날 밤 오빠가 준 금서禁書가 있었기에 나는 식은땀을 흘리며 비척비척 걸어갔지. 전경 하나가 손가락을 까닥이며 나를 불렀어. 학생, 가방을 열어 봐. 들키지 말고 복사해 오라며 신신당부하던 오빠의 얼굴이 떠올라 나는 하얗게 질렸는데, 부들부들 떨리는 손으로 가방을 여는 신입생이 우스웠는지 전경은 키득거림을 멈추지 못했지. 지금이라면 나도 웃었을 거야. 어린 여학생의 가방을 훔쳐보는 새파란 사내애의 치기를 마음껏 비웃어 줬을 거야. 하지만 그때는 그러지 못했어. 감히 그럴 수가 없었지.

다행히 전경은 '錦江'(금강)이라는 한자 제목이 적힌 낡은 책에 별 관심을 보이지 않았고, 오빠의 숙제를 무사히 끝낸 나는 두툼한 종이 뭉치를 들고 도서관 맨 구석 자리에 앉았어. 뒤집힌 복사지를 놓고 처음부터 한 장씩 읽으며 가지런히 추리는데 한 권의 책이, 한 편의 시가 내 삶으로 큰물처럼 쏟아져 들어왔어. 정말이야, 숨 쉴 틈도 없이 언어가 내 안으로 들어왔지. 아니, 언어가 아니라 역사가, 사람이, 통째로 들어왔어. 통째로 들어와서 나를 채웠어. 그런 일은 그 전에도 그 뒤에도 없었어. 신동엽의 장시長詩 「금강」을 나는 그렇게 읽었어.

도서관을 나섰을 때, 이미 해가 저물어 있더군. 어둔 하늘에 상여 꽃처럼 목련이 희게 떠 있는 저녁 캠퍼스를 젖은 눈으로 걸어오며 결심했지. 나는 이 시를 살겠다, 이 역사를 살겠다. 내 스물은 그날 시작되었지. 내 서른이 어땠느냐고, 마흔이 어땠느냐고 묻지 마. 내 삶은 그때 시작되었고 그것으로 충분하니까.

신동엽, 「금강」 제9장, 『신동엽전집』, 창비, 2007.

단 한걸음도 들여놓지 못할 그 길을

나는 한동안 가슴에 담았었다

내 갈 길이 아닌 그대를

혼자 짝사랑하다가 마침내 고백을 했다. 떨리는 마음으로 어렵
게. 그런데 단칼에 아니란다. 헉!

다시 용기를 내 물었다. 내가 이렇게 좋아하는데 마음이 바뀔 수
있는 것 아니냐, 조금의 여지는 줄 수 있지 않느냐?

조심스럽게 물었을 때 돌아온 한마디.

"왜? 네가 날 좋아한다고 내가 왜 널 좋아해야 하는데?"

헐! 머리가 하얘졌다가 아주 맑아졌다.

그렇다. 내가 좋아한다고 나를 좋아하란 법은 없다.

내가 간절히 원한다고 이루어지란 법은 없다. 지구는 나를 중심
으로 돌지 않으니.

내가 그의 이름을 불러 주었을 때

그는 나에게로 와서

꽃이 되었다。

열다섯인가 열여섯 살 때, 죽고 싶었다.

나 같은 게 살아서 뭐하나 싶고, 나 하나쯤 없어져도 아무 상관 없을 것 같았다.

방문을 닫고 죽을 채비를 하는데 문득 엄마 목소리가 들렸다.

"경아, 사과 먹어."

만날 이름 대신 "야!" 하고 소리나 지르던 엄마가 그날은 웬일인지 다정하게 불렀다. 경아!

비죽 눈물이 나왔다. 몰래 들고 온 아버지 넥타이를 팽개치고 부엌으로 달려갔다.

"엄마, 엄마."

사과를 깎던 엄마가, 애가 왜 이러니, 고개를 꺄우뚱했다.

모든 산맥들이

바다를 연모해 휘달릴 때도

차마 이곳을 범하던 못 하였으리라

이상하게 학교에서 배운 건 다 고리타분하게 느껴졌다. 시도 국어 시간에 배운 건 좋은 줄을 몰랐다. 이육사의 「광야」도 그중 하나.

그런데 어느 날 동해였던가. 텔레비전에서 산과 바다가 잇닿은 풍경을 보여 주는데, 그 순간 '모든 산맥들이 바다를 연모해 휘달린다'는 시구가 떠올랐다.

정말 그렇구나!

육지의 우뚝한 산세가 문득 잦아들며 바다가 펼쳐지는 모양을 '산이 바다를 연모한다'고 표현한 육사의 섬세한 감수성에 감탄이 절로 나왔다.

이런 사람이 고향을 잃고 모국어를 뺏긴 채 이국땅을 떠돌았으니……. 언제 이룰지 모를 독립을 기다리며 홀로 "가난한 노래의 씨"를 뿌렸을 그의 고독이 새삼 아팠다.

꽃이

피는 건 힘들어도

지는 건 잠깐이더군

어쩌다 원고료가 들어오거나 강의료를 받은 날이면 내가 나에게 꽃을 선물한다. 은은하게 오래가는 착한 카네이션도 사고, 비싸서 평소에는 구경만 하던 수국도 큰맘 먹고 집어 든다. 오래두고 보려고 활짝 핀 것보다 필락 말락 하는 것들로 골라 집에 꽂아 둔다. 이틀쯤 지나면 봉오리들이 탁탁 터지며 온 집안이 환하게 빛난다. 하지만 개중에는 끝내 피지 못하고 그대로 말라 버리는 것들이 있다. 봉오리 끝을 살짝 열어 주면 간신히 피어나기도 하지만 대개는 그대로 시들고 만다.

그때마다 맘이 쓰리다. 필 때는 질 때를 걱정하고 질 때는 필 때를 놓친 것을 서러워하는 누군가가 떠올라 쉬 버리지도 못하고 안쓰러워한다.

최영미, 「선운사에서」, 『서른, 잔치는 끝났다』, 창비, 1994.

사소한 비극에 연연하지 마,

총으로 나비를 쏘지 마。

웃어 버려。

웃으려고 웃은 게 아니라 진짜 웃겨서 이 구절을 읽다가 웃음을 터뜨렸다. 낄낄낄, 웃다가 정색했다.

지금의 이 마음을 잊지 말아야지. 사소한 일로 핏대 올리기 전에 생각해야지. 혹시 나비를 잡겠다고 총을 들고 설치는 건 아닌지. 빈대 잡으려다 간신히 마련한 초가삼간 태우면 나만 손해.

그래, 웃자. 그냥 웃자. 웃으면 복이 온다니까, 복이 오나 안 오나 한번 웃어 보지, 뭐.

사랑하는 이여.

세상의 모든 모순 위에서 당신을 부른다.

괴로워하지도 슬퍼하지도 말아라

진도 앞바다에 배가 침몰해 삼백 명 넘는 사람들이 목숨을 잃는 것을 눈앞에서 보았습니다. 매일 늘어나는 사망자 숫자, 날마다 전해지는 기막힌 사연들에 아침이면 신문을 펼치기가 두렵던 무렵, 신문 한쪽에 실린 시를 읽었습니다. 눈물이 쏟아졌습니다. 참담한 슬픔을 겪는 사람들이 떠올라 울고, 내가 겪었고 앞으로 겪을 슬픔들이 떠올라 울고, 그 모든 슬픔들에도 불구하고 살아야 하는 운명이 아파 울고, 그래도 이렇게 서로 위로할 수 있음에 또 울었습니다.

아동문학가 마해송의 아들이기도 한 마종기 시인은 군의관 시절 박정희 정부의 한일 회담 반대 성명에 이름을 올렸다가 방첩대에 끌려가 모진 심문을 받고 쫓기듯 미국으로 떠났답니다. "떠나라는 말 듣고도 울지 않았다"고 겉으론 의연한 척했지만 속으론 "멀리서 내 나라를 그리워만"(「내 나라」) 하던 어느 날, 동생이 곁으로 왔고 외로웠던 시인은 큰 힘을 얻었다는군요. 그러나 이국땅에서 서로 의지하던 동생은 강도의 총에 맞아 갑자기 죽고 말았습니다. 슬픔을 못 이겨 방황하던 시절, 깊은 산에서 홀로 밤을 보내던 시인은 반짝이는 별들 사이에서 세상을 떠난 동생과 아버지를 보았고, 함께 울고 웃으며 켜켜이 쌓인 슬픔을 풀었답니다. 그리고 이 시를 썼다지요.

이런 사연이 있는 줄 모르고 읽었지만 역시 그랬구나 싶습니다.
그래서 눈물이 나고 위로가 되었구나 싶습니다.
슬픔은 슬픔이 알고 슬픔은 슬픔에 힘이 됩니다. 지극한 슬픔은 지극한 힘입니다.

마종기, 「별, 끝나지 않은 기쁨」, 『이슬의 눈』. 문학과지성사, 1997.   **165**

난 말이지, 사람들이

친절을 베풀면

마음에 저금을 해둬

늙을수록 돈이 있어야 한다지. 세상인심이 사나울수록 믿을 건 역시 사람보다 돈이라지. 그런 줄 알았는데 웬걸!

평생 돈에 쪼들리며 고되고 험한 삶을 산 할머니가 아흔 살이 넘어 처음 시를 쓰기 시작했대. 아흔여덟에 장례비로 모아 둔 돈을 털어 첫 시집을 냈는데 그게 무려 160만 부나 팔렸대.

백 살이 넘어서도 매일 곱게 화장을 하고, "인생이란 언제라도 지금부터야. 누구에게나 아침은 반드시 찾아 온다"라는 말을 즐겨 한 멋쟁이 할머니 시바타 도요.

그녀를 보고 알았어. 남들에게 받은 친절과 칭찬은 금세 잊어버리고 남들이 서운하게 한 것만 두고두고 저금하는 내 기억력, 아주 나쁘구나. 그런 못된 기억력으로는 절대 멋쟁이 할머니는 될 수 없겠지.

시바타 도요, 채숙향 옮김, 「저금」, 『약해지지 마』, 지식여행, 2010.

나뭇잎에 허공 길이 뚫리고

거기 헛발 디딘 햇빛

금싸라기를 쏟아 세상이 다 환해진다

벌레가 갉아 먹어 나뭇잎에 구멍이 났는데 그 사이로 햇빛이 쏟아지는 것, 한두 번 본 풍경이 아니다. 한데 이 흔한 풍경에서 시인은 벌레 먹힌 "잎들의 신음"을 듣고 "금싸라기" 햇빛에 세상이 환해지는 것을 본다. 똑같이 눈 두 개 귀 두 개가 있어도 나는 못 보고 못 듣는 것을…….

배한봉, 「푸른 힘이 은유의 길을 만든다」, 『우포늪 왁새』, 큰나, 2002.

인생은 자꾸

한 전망 묻혀버린 줄 모른다、 몰랐다。 다만

금세 어두워져、 저 문 뒤엔 저물지도 않는다。

"젊은 날엔 젊음을 모르고 사랑할 땐 사랑이 보이지 않았네"로 시작하는 이상은의 노래가 떠오른다. 노래를 들을 때마다 젊음을 몰랐던 시절의 어리석음에 가슴이 얼얼해지곤 했는데, 황혼이 되어서도 황혼인 줄 모르는 게 인생임을 비로소 깨닫는다. 다시 가슴이 얼얼하다.

그리하여

너는 세계 하나를 만들었으니, 그 세계는 크고,

침묵 속에서도 익어가는 한 마디 말과 같다.

애인의 바짓가랑이를 붙들고 늘어져 가족을 이루고, 기를 쓰고 일해서 제법 번듯한 명함을 만들고, 안 쓰고 안 입고 종종거리며 집칸도 장만했다. 이만하면 내 세계를 이루었지 했는데 어째서 화초는 시들고 잠은 오지 않는지.

베란다 창밖에 죽은 화분을 내놓고 꽃 따위 안 키우면 그만이라 했는데, 11층 허공에 일 년을 버려 둔 화분에서 오늘 아침 빨간 채송화가 피었다. 내가 버린 세계에서 하나의 세계가 일어선 아침, 침묵 속에 피어난 한마디 말.

졌다!

라이너 마리아 릴케, 김재혁 옮김, 「서시」, 「두이노의 비가 외」[릴케 전집2], 책세상, 2000.

도대체 무엇을 할 수 있단 말인가

도대체 무엇이 될 수 있단 말인가

제 자신을 속이고서

이 시구를 읽고도 떳떳하게 고개를 들 수 있는 당신을 존경합니다.

나로 말하면, 늘 무엇을 하고 무엇이 되기를 바랐으나 실제론 무엇을 하는지도 모르고 무엇이 되고 싶은지도 모른 채, 나를 속이고 남을 속이다 모든 것이 아리송해지고 말았지요.

김남주, 「자유」, 『나의 칼 나의 피』, 실천문학사, 2001.

당신은 나를 모른다 하늘은 있지만 구름이 없다

나는 어디에도 없다

바람은 있지만 나는 어디에도 없다

시를 쓴 하킴은 1994년 방글라데시에서 산업 연수생으로 한국에 들어왔습니다. 한 회사에서만 12년을 일할 만큼 성실했지요. 그러나 2009년 6월 18일 야근을 하던 중에 출입국관리사무소의 단속에 걸렸고, 방글라데시 동료 다섯 명과 함께 출입국관리법 위반으로 체포되었습니다. 결국 그는 미등록 체류자로, 15년간 한국에서 야간 근무만 하다가 방글라데시로 추방되고 말았습니다.

그때 그 마음이 어땠을까요. 15년이나 터를 닦고 산 곳에서 강제로 내쫓겨 기막히고 억울했을까요, 마침내 불안하고 초조한 삶을 청산해서 홀가분했을까요? 글쎄요, 나는 모릅니다. 불법 이주 노동자인 그가 어떻게 살았는지, 어떤 심경으로 이런 시를 썼는지, 그가 어떤 사람이었는지, 나는 모릅니다.

바람은 불지만 그는 여기 없으니, 나는 아무것도 알 수가 없습니다.

단비르 하산 하킴, 「아무도 모른다, 나를」, 『작가들』, 2011, 여름호.

당신을 땅에 묻고 와 내리 사흘 밤낮을 잤네

……

인중이 긴 하늘

선반엔 들기름 한 병

시의 제목은 '망종'芒種. 한 해 중 벼와 보리 따위 곡식의 씨를 뿌리기에 제일 좋은 날을 가리킨다. 한데 시의 내용은 '사람이 죽는 때'를 가리키는 망종亡終에 더 가깝다. 당신을 묻고 와서 자다가 울다가 했다는 대목도 그렇고, "인중이 긴 하늘/ 선반엔 들기름 한 병" 또한 돌아가신 분의 생김새와 손 닿은 흔적을 떠올리게 한다.

하기야 사람을 묻는 것이나 씨앗을 묻는 것이나 우주의 섭리로 보면 한가지일 터, 죽음이 태어남임을 새삼 깨닫는다.

고영민, 「망종」, 『사슴공원에서』, 창비, 2012.

나는 타락했다.

내가 아무의 것도 아니고

아무것도 아니라는

피의 계율을 잊었기 때문에.

사는 게 우울하고 괴로운 이유야 여러 가지가 있지만 따지고 보면 눈이 높은 게 문제다. 타인과 세상을 보는 눈이 높으면 배신감을 느끼고, 나 자신에 대한 기대가 높으면 가랑이가 찢어져 아프다.

그러니 잊지 말자, 내 주제!

상기하자, 피의 계율!

황인숙, 「자유로」, 『나의 침울한, 소중한 이여』, 문학과지성사, 1998.

서산에 뉘엿뉘엿 해 넘어갈 때

나는 늘 이때면 울고 싶네.

사람들은 대수롭지 않게 여기며

어서 저녁밥 먹자고 재촉하지만.

18세기 조선 사람 이언진이 쓴 시입니다. 중인 신분으로 통역관이었던 그는 사신을 수행해 일본에 갔는데, 모시고 간 양반들보다 시를 잘 써서 일본 사람들이 그에게 시 한 줄이라도 얻으려고 줄을 섰을 정도랍니다. 이렇게 뛰어난 시인이었지만 조선에선 신분 때문에 알아주는 이가 없었지요. 그래도 당대의 문장가 박지원은 다르지 않을까. 그는 용기를 내 시를 보냈지만 돌아온 반응은 차가웠습니다. 절망한 이언진은 가난과 병에 시달리다 스물일곱 젊은 나이에 세상을 떴습니다. 죽기 직전 그는 평생 쓴 시들을 불태웠는데 뒤늦게 아내가 뛰어 들어와 불을 껐지만 이미 많은 시가 불타 재가 되고 말았답니다.

그 사람을 생각합니다.
완고한 세상의 벽 앞에서 가슴을 쳤을 젊은 시인을 생각합니다.
그 마음을 생각합니다.
돈도 명예도 없이 스러져 가는 짧은 인생 앞에서 그가 느꼈을 절망을 생각합니다.
사람들 사이에서 더 외로웠을 평생의 고독을 생각합니다.
그런 삶도 있음을 생각합니다.

이언진, 박희병 옮김, 「호동거실」 제131수, 「저항과 아만」, 돌베개, 2009.

다음날 술자리에서 동료 직원은 말했다:

걸려온 전화기에 가득 찬 고함 소리의

틈새로 자신이 너무도 좋아하는 브람스 음악이

새어나오고 있었노라고

알지도 못하는 사람들에게

"사랑합니다. 고객님!"

욕설을 퍼붓는 고객님에게도, 음담패설을 토해 내는 고객님에게도

"죄송합니다. 고객님!"

아무리 더러운 말을 들어도 귀 씻을 시간도 없이

"고맙습니다. 고객님!"을 뇌어야 하는 수많은 '을'에게 들려주고 싶은 시.

윤병무, 「음악감상」, 『5분의 추억』, 문학과지성사, 2000.

그러나 지난 밤 꿈 속에서

이 친구들이 나에 대하여 이야기하는 소리가 들려왔다.

『강한 자는 살아 남는다.』

그러자 나는 자신이 미워졌다.

아우슈비츠에서 살아남은 화학자 프리모 레비는 말했다.

"최악의 사람들, 이기주의자들, 폭력자들, 무감각한 자들, '회색지대'의 협력자들, 스파이들이 살아남았다. (……) 최고의 사람들은 모두 죽었다."*

그렇게 말한 레비는 예순여덟에 자살했다. 죽음의 수용소에서도 살아남은 이가 스스로 목숨을 끊었다. 살아남은 자의 책임을 다하려고 42년간 몸부림을 친 뒤였다.

억울하게 죽은 이들을 잔인한 말로 두 번 세 번 거듭 죽이는 세상을 겪다 보면 그의 절망이 이해가 된다. 정말이지 착한 사람은 다 죽고 강한 자만이 살아남는 것인가 회의가 생긴다.

피를 빨아 먹고 사는 흡혈박쥐도 굶주리는 친구를 위해 제 먹은 걸 토해 준다는데, 하물며 사람이 왜 이런가! 하늘을 향해 묻고 싶다.

* 프리모 레비, 『가라앉은 자와 구조된 자』, 돌베개, 2014.

베르톨트 브레히트, 김광규 옮김, 「살아남은 자의 슬픔」, 「살아남은 자의 슬픔」, 한마당, 1999.

소낙비는 오지요

소는 뛰지요

바작에 풀은 허물어지지요

설사는 났지요

허리끈은 안 풀어지지요

들판에 사람들은 많지요.

＊바작 : 지게에 싣기 좋도록 대나 싸리로 만든 물건

당하는 사람은 죽을 맛이지만 보는 사람은 재미있다. 그러니 남들의 웃음거리가 됐다고 화내지 말자. 웃을 일 없는 세상을 웃긴 내가 얼마나 대견한가!

김용택, 「이 바쁜 때 웬 설사」 전문, 『강 같은 세월』, 창비, 1999.

내 이름 너희들의 방언으로

애기똥풀이라 부르는 것은 참을 수 있지만

내 몸 꺾어 노란 피 내보이며

노란 애기똥을 닮았지, 증명하려고는 마

'애기똥풀이 하는 말'을 듣는 순간, 아이쿠!!

길가에 핀 노란 풀꽃 이름이 애기똥풀이란 걸 안 뒤로 툭하면 가는 줄기를 톡 잘라 보이며, "여기 노란 거 보이지? 이래서 애기똥풀이라고 하는 거야" 얼마나 자랑을 했던가.

그게 똥이 아니라 피인지도 모르고.

너무 당연한 걸 생각도 안 하고.

정일근, 「애기똥풀이 하는 말」, 『쓸쓸하고 쓸쓸하여 사랑을 하고』, 좋은생각, 2013.

죽는 날까지 하늘을 우러러

한 점 부끄럼이 없기를,

잎새에 이는 바람에도

나는 괴로워했다。

사춘기 때 처음 이 시를 읽고는 '나도 부끄럽지 않게 살아야지' 다짐을 했다.

그런데 어느 날부터 이 시를 읽는 게 부끄러움이 되었다. 아마 부끄럽지 않게 살려면 작은 일에도 마음을 써야 한다는 걸 안 다음부터일 것이다. 일테면 나뭇잎을 흔드는 바람도 그냥 넘기지 않는.

요새는 아예 부끄러워하지도 않는다. 외려 그런 것까지 일일이 신경 쓰다간 신경 쇠약에 걸린다고 큰소리를 친다. 뻔뻔하게.

윤동주, 「서시」, 『하늘과 바람과 별과 시』, 1948.

산에
산에
피는 꽃은

저만치 혼자서 피어 있네

산에 꽃이 피었다. 누구의 손도 빌리지 않고 저 혼자서, 누구의 눈도 의식하지 않고 홀로 어엿이.

그래서 예쁘고 그래서 삼삼하다.

나도 저 꽃처럼 살고 싶다. 혼자서 피어나, 오는 새 막지 않고 가는 새 잡지 않고 "갈 봄 여름 없이" 무심히 살고 싶다.

김소월, 「산유화」, 「진달래꽃」, 1925.

나는 내가 되어가고

나는 나를

좋아하고 싶어지지만

이런 어색한 시간은 도대체 어디서 오는 것일까.

눈을 감고 나를 떠올리면 내 얼굴이 생각나지 않는다. 어쩌다 엘리베이터 거울에 비친 낯선 아줌마를 보고 깜짝 놀란다.

누구……세요?

언제쯤이나 나는 나에게 익숙해질까…….

내가 나를 단박에 알아보는 날이 어서 왔으면 좋겠다.

신해욱, 「축, 생일」, 「생물성」, 문학과지성사, 2006.

삶이 하나의 놀이라면 이것이 놀이의 규칙이다.

당신에게 육체가 주어질 것이다.

좋든 싫든 당신은 그것을

이번 생 내내 갖고 다닐 것이다.

아는 분 사무실에 갔다가 거기서 아르바이트를 하는 중국동포 아주머니를 만났다. 햇빛도 안 드는 어두운 실내에서 까만 선글라스를 끼고 있었다. 뭐지?

알고 보니 '투잡'을 뛰는 이분의 또 다른 일터가 강남 성형외과로, 중국 관광객들 유치를 위해 중국어 통역은 물론 각종 시술의 살아 있는 모델까지 한단다. 그 바람에 눈, 코, 입을 한 번도 아니고 두 번, 세 번 계속 고쳐서 툭하면 마스크나 선글라스를 착용한다고. 본인은 웃으면서 얘기하는데 난 등골이 서늘했다. 놀이의 규칙은 깨진 지 오래구나. 그래서 놀이가 이렇게 재미없는 건가……

체리 카터 스코트, 「삶이 하나의 놀이라면」(If Life is a Game).

저렇게 버리고도 남는 것이 삶이라면

우리는 어디서 죽을 것인가

저렇게 흐르고도 지치지 않는 것이 희망이라면

우리는 언제 절망할 것인가

청소를 하다가 옛날 일기장을 발견했다. 스물서넛 무렵, 밥벌이도 못하고 연애도 못하고 무엇 하나 제대로 하지 못하던 시절, 매일매일 절망의 단어들로 종이를 채우던 시절.

옛날 일기를 읽으며, 나는 늘 고여 있는 줄 알았는데 그래도 조금씩 흘러왔음을 깨닫는다. 언젠가 지금의 절망도 바다에 몸 풀 날 있겠지.

아무리 느려도 흐르기만 한다면.

이성복, 「강」, 『남해 금산』, 문학과지성사, 1986.

내 가슴에서 지옥을 꺼내고 보니

네모난 작은 새장이어서

나는 앞발로 툭툭 쳐보며 굴려보며

베란다 철창에 쪼그려앉아 햇빛을 쪼이는데

이런 생각은 해 본 적이 없어. 마음이 지옥 같을 때 그 속으로 속으로 들어가려고만 했지 지옥을 꺼내 볼 생각은 못했어.

정말 멋져!

다음번에 마음이 지옥이 되면 그땐 꺼내 보겠어. 작은 새장인지 커다란 울산 바위인지 꺼내 보면 알겠지. 어쩌면 이쑤시개보다 작을지도 몰라. 고 작은 게 쿡쿡 쑤시는 걸 못 참고서 난 죽는다고 울었는지도 몰라.

흐르는 것이 물뿐이랴

우리가 저와 같아서

강변에 나가 삽을 씻으며

거기 슬픔도 퍼다 버린다

삽질해 본 적 있어? 안 해 봤으면 말을 하지 마. 그게 얼마나 힘 드냐면 진짜 허리가 끊어져. 진짜야. 내가 허리가 어딘지 잘 몰랐는데 삽질하고 알았다니까.

몸만 아픈 게 아니야. 삽질이란 게 참 이상해. 하다 보면 마음이 막 아파. 내가 왜 이러고 있나, 내가 누구 때문에 이 고생을 하나, 분하고 억울해서 눈물이 날 것 같아.

근데 또 그래서 막 삽질을 하게 돼. 그러다 보면 산만 한 흙더미가 다 옮겨지고 커다란 구덩이가 아가리를 벌리고 있지. 잠깐은 뿌듯해. 하지만 오래가진 않아. 왜 이 짓을 했는지 여전히 모르겠거든. 왜 사는지 모르겠는 것처럼 영 모르겠거든.

정희성, 「저문 강에 삽을 씻고」, 『저문 강에 삽을 씻고』, 창비, 1978.

내가 가장 예뻤을 때

나는 아주 불행했고

나는 아주 얼뜨기였고

나는 너무나 쓸쓸했다

시인이 가장 예뻤던 열아홉 살 때, 그녀의 나라는 전쟁에서 졌습니다. 사람들이 죽어 버린 "비굴한 거리"를 쏘다니며 그녀는 "될 수 있으면 오래 살기로" 결심했어요. "사람과 사람과의 아름다운 힘"(『유월』)이 솟아오르는 세상이 올 때까지 살겠다고 마음먹었지요. 그러나 비굴한 나라에 아름다운 세상은 오지 않았고 오히려 슬픔만 커져 갔어요. 그 슬픔을 견디기 위해 사랑하는 이마저 떠난 "슬픔의 밑바닥에서" 그녀는 "죽기 살기로" 한국어를 공부했고,* 쉰이 넘은 나이에 그렇게 익힌 한국어로 윤동주의 시를 읽고 번역했지요.

일흔셋에도 "야합하는 사상", "야합하는 종교" 따위의 "어떤 권위에도 기대고 싶지 않다"(『기대지 말고』)라고 일갈했던 이바라기 노리코. 그녀가 세상을 떠난 며칠 뒤, 지인들은 한 통의 편지를 받았답니다.

"이번에 저는 (2006)년 (2)월 (17)일, (지주막하출혈)로, 이 세상을 하직하게 되었습니다. 이것은 생전에 적어 둔 것입니다. 저의 의지로 장례·영결 등 아무것도 치르지 않기로 했습니다. 이 집도 당분간 사람이 살지 않게 되었으니 조의금이나 조화 등 아무것도 보내지 말아주세요. (……) '그 사람도 떠났구나' 하고 한순간, 그저 한순간 기억해주시기만 하면 그것으로 충분합니다."

떠나는 순간까지 어디에도 기대지 않았던, 그래서 가장 예뻤던 사람을 기억합니다. 그렇게 예쁜 사람이 되고 싶은 간절한 마음을 담아 오래오래 두고두고.

* 이바라기 노리코, 박선영 옮김, 『한글로의 여행』, 뜨인돌, 2010.

가다가 가다가
울다가 일어서다가
만나는 작은 빛들을
시라고 부르고 싶다.

박영근 시인은 고등학교 때 억압적인 교육에 반대해 학교를 자퇴했대요. 물론 학교를 그만뒀다고 공부를 그만둔 건 아니어서 오히려 일하고 공부하며 시를 쓰는 대표적인 노동자 시인이 되었지요. 유명한 민중가요 「솔아 솔아 푸르른 솔아」의 노랫말이 바로 그의 시에서 따온 것이랍니다. 그런데 시집도 여러 권 내고 신동엽 창작상과 백석 문학상까지 수상한 그가 논술 학원 교사에 지원했더니 학원에서 '대학 졸업장을 가져오라', '모파상에 대해 써 보라'라고 했다는군요. 네 권의 시집과 저명한 문학상이 대학 졸업장만 못했던 거지요. 친구인 신현수 시인이 그 얘길 듣고 화가 나서 「박영근」이라는 시를 썼어요.

"(……) 시험보고 와서/ 술을 먹는데/ 영근이는 눈물 글썽이며/ 자존심 때문에 졸업장 없다는 말은 못하고/ 문학단체 일을 해야 하기 때문에/ 안되겠다고 했단다./ 세상이여 제발/ 내 친구 영근이에게/ 예의를 지켜라."

고등학교 시절, 교련 교사의 구둣발에 정강이를 차였을 때 학교를 그만두고 싶었는데 내겐 시인 같은 용기가 없었어요. 그래서 졸업장을 따고 덕분에 논술 교사도 해 보았지만, 지금도 그때 부당한 발길질에 고개를 수그렸던 것이 부끄러워요. 세상은 빛나는 졸업장 앞에 예의를 지키지만 나는 생의 어둠 속에서 만난 "작은 빛들"에게, 그 빛을 밝혀 준 이들에게 예의를 지키고 싶어요. 내가 넘어지지 않고 예까지 올 수 있었던 건 모두 그들 덕분이니까요.

박영근, 「서시」, 『솔아 푸른 솔아』[백무산·김선우 엮음], 강, 2009.

힘겨운 나날들, 무엇 때문에 너는

쓸데없는 불안으로 두려워하는가.

너는 존재한다 ─ 그러므로 사라질 것이다

너는 사라진다 ─ 그러므로 아름답다

폴란드 시인 비스와바 쉼보르스카의 「두 번은 없다」는 시의 일부란다. 시는 이렇게 시작해.

"두 번은 없다. 지금도 그렇고/ 앞으로도 그럴 것이다."

맞아, 맞아. 나는 고개를 끄덕이며 읽었어. 이어지는 시구들도 다 멋져서, "반복되는 하루는 단 한 번도 없다"는 말에도 절로 끄덕끄덕했지.

하지만 이 대목, 너는 존재하기에 사라질 것이며 사라지기에 아름답다는 대목에 이르러선 고개를 끄덕일 수 없더군. 그저 아득할 뿐이었지.

언젠가 내가 고개를 끄덕이게 된다면 그때는 이미 나를 잠 못 들게 하던 쓸데없는 불안은 사라진 뒤일 거야. 그날을 기다리며 나는 오늘도 시를 읽어. 사라지기에 아름답다는 시구에 내 마음이 하루 빨리 흔쾌해지기를, 그리하여 나를 괴롭히는 이 불안이 어서 사라지기를 바라며 읽고 또 읽어.

비스와바 쉼보르스카, 최성은 옮김, 「두 번은 없다」, 『끝과 시작』, 문학과지성사, 2007. **211**

자기의 몸이 늙어 가기 전에

여보게 젊은 친구

마음이 먼저 굳어지지 않도록

조심하게

서른이 되고 마흔이 되고 쉰이 되니 좋다고 하는 이들이 있다. 나는 아니다. 나이가 먹어서 좋은 것은 없다. 젊어서 나는 무모했고 무례했고 싸가지가 없었다. 그래도 젊을 때가 좋았다. 싸가지 없는 짓을 하고 타박을 들었던 그때가 좋았다.

지금 나는 예전만큼 무모하지도 무례하지도 않지만, 그래선지 싸가지 없단 말을 듣지도 않지만, 그게 하나도 자랑스럽지 않다. 왜냐면 늙은이들에겐 아무도 무슨 말을 하지 않기 때문이다. 마음이 굳어 버린 이들에게 무슨 말을 해 봐야 괜한 노여움이나 살 줄 알기에 다들 입을 닫는다. 몸이 굳는 것보다 그게 더 무섭다. 내 마음이 굳는 것, 굳은 내 귀가 두려워 사람들의 입이 굳는 것.

김광규, 「늙은 마르크스」, 『아니다 그렇지 않다』, 문학과지성사, 1983.

생각이 자꾸자꾸만 말라 들어간다

밤

들리지 않는 소리에

오히려 나의 귀는 벽과 천정이 두렵다

책상 앞에만 앉으면 잠이 쏟아지던 때가 있었다. 시인들은 으레 생의 고민으로 잠 못 이룬다기에 나도 그러기를 바랐으나, 나는 낮잠을 자도 밤이면 또 졸린 것이 시인이 되기는 애당초 틀렸구나 싶었다.

이제는 시인이 될 마음도 없고 인생의 고민도 딱히 없는데 어쩐 일일까? 도무지 잠이 오질 않는다. 눈을 감고 아무리 안간힘을 써도 밤은 그대로. 나만 혼자 깨어 있는 듯 적막한 밤, 도둑고양이라도 길게 울어 줬으면 싶다.

이용악, 「밤」, 「낡은 집」, 상문사, 1938.

떠나고 싶은 자

떠나게 하고

……

그리고도 남는 시간은

침묵할 것。

더 많이 사랑한 쪽이 외롭다고 믿었다. 사랑을 주는 내가 사랑을 받는 그보다 가엾다고 여겼다. 자식을 기다리는 부모가 그렇듯이.

그런데 이즈음 그게 아닐지도 모른단 생각이 든다. 날개옷을 숨긴 나무꾼처럼 치사한 내 사랑 때문에 파란 하늘을 날고 싶은 그가 얼마나 답답하고 외로웠을지, 날개 꺾인 그를 보며 비로소 깨닫는다.

세상에서 제일 지키기 힘든 법, 그러나 안 지키면 너도 나도 다 죄수가 되고 마는 法(법): 사랑법.

강은교, 「사랑법」, 『우리가 물이 되어』, 문학사상사, 1986.

한 시인이 어린 딸에게 말했다.

……

오늘은 학교에 가서

도시락을 안 싸온 아이가 누구인지 살펴서

함께 나누어 먹기도 하라고。

엄마는 손이 컸다. 넉넉잖은 살림에도 음식을 했다 하면 한 소쿠리씩 해서 같이 사는 셋집들은 물론이요 길 건너 이웃들까지 나눠 먹었다. 나는 그게 싫었다. 우리 식구 먹을 것도 모자란 판에 왜 이 집 저 집 나눠 준단 말인가.

엄마는 음식 솜씨가 좋았다. 도시락을 싸 가면 애들이 다 내 반찬만 집어 갔다. 처음엔 평소 못 먹어 본 소시지 반찬이랑 나눠 먹는 게 나쁘지 않았지만 그것도 한두 번이지, 요리랄 것도 없는 소시지 부침을 주고 갖은 양념으로 맛을 낸 우리 엄마표 멸치 볶음을 달싹 집어 가는 친구들을 보면 속이 쓰렸다.

고등학교 때였다. 일주일간 생활관에 들어가는데 엄마가 다들 나눠 먹으라고 장조림을 싸 줬다. 일 년에 한 번 먹을까 말까 한 장조림, 남은 국물을 갖고도 식구들끼리 눈치 싸움을 벌이는 귀한 장조림이었다. 입소 첫날, 맛있는 반찬은 귀신같이 채 간다는 사감 선생이 갖고 온 반찬을 내놓으라고 했다. 친구들과 나누는 것도 아까운데 하물며 내가 싫어하는 사감 선생한테 주랴! 내놓지 않고 몰래 감췄다. 나중에 혼자 먹어야지. 하지만 아끼다 X 된다더니, 장조림은 먹지도 못하고 쉬어 버렸다. 쉰 장조림을 버리는데 눈물이 났다.

엄마라면 싫어하는 선생님이든 얄미운 친구들이든 다 같이 나눠 먹었을 것이다. 나한테 그렇게 가르치셨다. 그러나 자식이 언제 부모 말을 듣던가. 눈물을 흘리고서야 후회를 하지.

내 그대를 생각함은 항상 그대가 앉아 있는

배경에서 해가 지고 바람이 부는 일처럼

사소한 일일 것이나 언젠가 그대가 한없이

괴로움 속을 헤매일 때에 오랫동안 전해 오던

그 사소함으로 그대를 불러보리라.

옛날 옛적 프랑스에 시라노라는 코가 아주 큰 못생긴 남자가 살았습니다. 그는 아름다운 록산느를 사랑했지만 자신의 외모 때문에 고백을 하지 못하고 대신 잘생긴 크리스티앙을 위해 연애편지를 써 주었습니다. 그 덕분에 크리스티앙은 록산느의 마음을 얻었고, 둘은 열렬한 사랑에 빠졌지요. 하지만 크리스티앙은 전쟁터에 나갔다가 전사했고 록산느는 홀로 그를 그리며 살았습니다. 오랜 세월이 흐른 뒤 록산느는 죽음을 앞둔 시라노에게서 진실을 들었습니다. 두 사람은 엇갈린 운명 앞에서 눈물을 흘렸습니다.

에드몽 로스탕이 쓴 『시라노』라는 희곡의 줄거리다. 그런데 시라노 드 베르주라크라는 사람은 실존 인물로, 실제로는 유명한 작가에다 칼 솜씨가 뛰어난 검객이고 '훈남'이었으며 연애편지는 남기지도 않았단다. 아마 연애편지를 쓸 필요가 없었을지도 모른다. 워낙 인기가 있었으니까. 그래도 만약 썼다면, 황동규 시인이 열아홉에 쓴 이 아름다운 편지만큼 달콤 쌉쌀하지 않았을까.

황동규, 「즐거운 편지」, 『삼남에 내리는 눈』, 민음사, 2002.

언젠가 군인이 될 아이들은 스무 해 정도만

살 수 있는 고대인이지요、옥수수를 심을걸 그랬어요

그랬더라면 아이들이 그 잎 아래로 절 숨길 수

있을 것을 아이들을 잡아먹느라 매일매일 부지런한

태양을 피할 수도 있을 것을

조카가 태어났을 때 난 그 애가 군대에 갈 줄은 몰랐다. 그 작고 여린 것이 스무 살 청년이 되는 걸 상상하기도 어려웠거니와, 무엇보다 걔가 어른이 될 때쯤이면 병역의 의무 같은 건 없어질 줄 알았다. 세상이 좀 좋아질 줄 알았다.

스무 살이 된 조카는 군대에 갔다. 그 애가 백령도에서 군 복무 중일 때 천안함 사건이 일어났다. 처음엔 조카를 걱정했다. 그러다 캄캄한 잠수함 속에서 영문도 모른 채 죽어 간 그 또래 친구들이 떠올랐다. 숨이 막혔다.

그때 알았다. 내가 잘못 살았구나. 내가 잘못 살아서 이런 세상을 만든 죄로, 창창한 젊음이 고대의 수명을 살고 마는구나. 소리 내 울기도 미안했다.

사는 게 갈수록 민망하다.

네가 오기로 한 그 자리, 내가 미리 와 있는 이곳에서

문을 열고 들어오는 모든 사람이

너였다가

너였다가, 너일 것이었다가

다시 문이 닫힌다

시인의 말에 따르면, 하이틴 잡지에 실을 거니까 빨리 하나만 "긁어 달라"는 부탁을 받고 오 분 만에 쓴 시다. 줄 긁듯이 고민도 않고 단숨에. 그런데 그렇게 쉽게 쓴 시를 사람들이 좋아해서 처음엔 좀 창피했단다. 그러던 어느 날 이산가족 상봉을 기념해 이 시를 낭송하는 것을 들었고 그때부턴 더 이상 부끄러워하지 않기로 했단다. 아마 나를 빌려 나왔지만 꼭 내 것만은 아닌 시의 운명을 받아들인 까닭이리라.

어디 시만 그런가. 잘하려고 기를 써도 안 될 때가 있는가 하면 아무 생각 없이 한 것이 뜻밖의 결실을 맺기도 한다. 마치 기다리는 사람은 오지 않고 보기 싫은 사람만 자꾸 마주치듯이. 그래서 괴롭지만 그래서 살맛이 나기도 하는 것처럼.

황지우, 「너를 기다리는 동안」, 『게 눈 속의 연꽃』, 문학과지성사, 1990. **225**

전화를 받고 허둥대다가

스타킹을 신는

그동안만이라도 시간을 유예하자고

고작 그걸 아이디어라고

스타킹 위에 또 스타킹을 신고

머리가 나쁜 걸 새대가리라고 한다. 정말로 새는 머리가 나쁠까 궁금해했더니 어릴 적 오리 키우는 걸 봤다는 사람 말이, 맞는단다. 다른 새는 몰라도 오리는 위험이 닥치면 아무 데나 머리를 처박고 상황이 끝나기를 기다린단다. 제 몸뚱이가 어떻게 되는지도 모르고 머리만 쑤셔 박고 있다는 거다.

오리를 안 키워 봐서 정말인지 아닌지 모르겠지만 그럴 수도 있지 싶다. 견디기 힘든 일이 일어났을 때 나도 그냥 눈을 감아 버리니까. 일이야 어떻게 되든 말든 욕이야 먹든 말든, 그 순간만 지나면 모든 게 아무 일도 없었던 듯 제자리로 돌아가 있으리라 믿으면서. 믿으려 애쓰면서 나도 그랬다. 새대가리 같은 짓인 줄 알면서도.

강은 얼마나 많은 울음소릴 감추고 있는지

저 춥고 떨리는 물무늬 다 헤아릴 길 없는데

출렁이는 어깨 다독여주듯

두터워지는 산그늘이나 한자락

기일게 끌어당겨 덮어주고는

김태정을 알게 된 것은 "태정 태정 슬픈 태정"을 노래한 김사인의 시 「김태정」 때문이었다. 긴 시의 끝에 그녀에 관한 짧은 설명글이 붙어 있었는데, 생전에 한 문화 재단에서 오백만 원을 지원하려 했으나 쓸 데가 없노라고 한사코 받지 않은 일이 있다고 했다. 나라면 돈은 물론이요 명예가 탐나서라도 덥석 받았을 것이기에 "한 달에 오만 원도 안 쓰고 지냈을" 그 가난한 시인의 엄정함에 말문이 막혔다. 이런 사람이 아직도 있었구나!

물이 너무 맑으면 고기가 없다느니 어쩌니 하는 말들만 듣고 살아서 나는 세상이 다 그런 줄 알았다. 그게 당연하고 옳은 줄 알았다. 그러나 김태정을 만나고서야 그게 아닌 줄을 알았으니, 세상이 이나마도 살 만한 것은 이런 사람이 내 몫의 도리까지 묵묵히 해낸 덕분이었다.

마흔여덟 해를 살고 그이가 세상에 남긴 것은 시집 한 권. 한 줄도 버릴 것 없는 그 결정結晶 속에서, 스스로에게는 엄격했으되 떨리는 강물조차 그냥 보아 넘기지 못했던 사람이 빛난다. 삶에 이 이상이 있을까.

김태정, 「가을 드들강」, 「물푸레나무를 생각하는 저녁」, 창비, 2004.

나보다 일찍 죽어요, 조금만

일찍

당신이

집으로 오는 길을

혼자 와야 하지 않도록

지금은 사라진 베를린 장벽이 있던 때 이야기다.

동베를린에 살던 라이너 쿤체는 시인이고 문학 박사였지만 자물쇠공 보조로 일했다. 정부의 탄압 때문이었다. 열악한 환경에서도 그는 끊임없이 시를 썼고 어느 날 그의 시가 서독 라디오에서 방송되었다. 얼마 후 체코슬로바키아의 의사로부터 한 통의 편지가 왔다. 체코슬로바키아, 서독, 동독을 거쳐 3개월 만에 도착한 편지. 그때부터 두 사람은 400통에 달하는 편지를 주고받으며 사랑을 키웠다.

어느 날 시인은 그녀에게 전화를 걸어 달라고 부탁했다. 두 사람 다 전화가 없었기에 편지로 약속한 날 시인은 친구의 집에서 전화를 기다렸다. 그리고 오랜 기다림 끝에 깊은 새벽, 벨이 울렸다.

"당신인가요?"

"그래요."

"나와 결혼해 주겠습니까?"

얼굴도 모르는 남자가 한 번도 만난 적 없는 여자에게 전화로 한 청혼. 여자가 대답했다.

"네, 그럴게요."

그렇게 맺어진 두 사람은 지금 아름다운 도나우 강가 작은 마을에서 살고 있다. 서로 나보다 조금만 일찍 죽으라고, 혼자 외롭지 말라고 기원하면서.

라이너 쿤체, 전영애 옮김, 「당부, 그대 발치에」 전문, 『시』, 열음사, 2005.

구름도 시름시들 늙어 아프면

땅바닥에 내려와 눕습니다 할머니

……

그 늙은 구름들을 묻은 정거장 담벼락 아래

할머니와 나는 맞담배를 태우고 오늘도

집으로 돌아갑니다

어린 손자가 일 나간 할머니를 기다리던 정거장에서 이제는 늙은 할머니가 스물셋 손자를 기다립니다. "오늘은/ 몇 박스나 팔았느냐/ 몇 박스의 땀을 흘렸느냐?" 할머니의 웅크린 작은 몸을 보며 손자는 늙은 구름 속에 묻힌 "몇 박스의 꿈들"을 생각합니다. 그렇게, 구름이 묻힌 어두운 정거장에서 손자와 할머니는 맞담배를 태웁니다.

그 장면을 떠올리니 얼마나 아름다운지, 시를 읽다가 나도 엄마랑 맞담배를 태워 봤으면 하고 질투를 했습니다. 아마 나 말고도 많은 이들이 그랬나 봅니다. 남의 부러움을 사면 오래 못 산다더니…….

시를 쓴 신기섭 시인은 스물여덟에 죽었습니다. 아주 오래도록 시를 쓰고 싶어 했는데.

신기섭, 「안개」, 『분홍색 흐느낌』, 문학동네, 2006.

팥알만 한 속으로도

바다를 이해하고 사셨으니

자, 인사드려야지

이분이

우리 선생님이셔!

옹졸하게 뭐 그만한 일로 발끈하느냔 말에 발끈했는데 발끈한 걸 내색하면 점점 더 속 좁은 인간이 되기에 이러지도 저러지도 못할 때, 밴댕이 소갈딱지가 얼마나 크고 넓은지 짧고 굵게 가르쳐 주는 시를 떠올리기를.

꽁했던 마음이 풀리며 빙그레 미소가 지어질 것이니, 속 모르는 사람들은 감탄하리라.

'저 사람 소갈머리가 이토록 넓었던가!'

함민복, 「밴댕이」 전문, 『꽃봇대』, 대상미디어, 2011.

아버지는 언제나 저녁을 드시고 오셨다

보리와 고구마가 쌀보다 더 많았던 저녁밥을

밥그릇도 없이 한 양푼 가득 담아 식구들은 정신없이

숟가락질을 하다가도 조금씩 바닥이 보일라치면

큰형부터 차례로 수저를 놓았고 한두 알 남은

고구마는 언제나 막내인 내 차지였다

이제 나는 혼자 밥을 먹는다

집마다 풍경이 다르고 사람마다 기억이 다르다. 똑같은 막내지만 어릴 때 나는 밥상에서 늘 눈치가 보였다. 아버지가 숟가락 들기 전에 숟가락을 들거나, 간만에 올라온 남의 살에 뭣 모르고 눈독을 들이거나, 조금 더 맛난 것을 찾아 젓가락을 들었다 났다 했다가는 오빠의 도끼눈에 찍혀 눈물을 흘려야 했다.

그런데도 이 시를 읽고 가슴이 쿡쿡 쑤셨던 것은 나 역시 이제는 혼자 밥 먹는 게 예사가 됐기 때문일까. 요즘은 맛난 것만 골라 먹든 고소한 생선 알을 통째로 집어 먹든 누가 뭐라는 사람도 없는데, 왜 그때는 안 하던 배앓이를 툭하면 하는지. 왜 식구들의 왕성한 식욕이 걱정스럽던 그때의 가난한 밥상이 이리도 그리운지.

여림, 「어린 시절의 밥상풍경」 전문, 『안개 속으로 새들이 걸어간다』, 작가, 2003.　**237**

요만한 냄비에

콩 하나가 들어가

아버지는 세 그릇

어머니는 두 그릇

나는 한 그릇

입으로 먹었더니

배가 불러서

장대 들고 따라와

장대 들고 따라와

시를 이렇게도 쓸 수 있는데, 이렇게 재미있고 기발하고 야무지게도 쓸 수 있는데 그걸 몰랐네.

그래, 앞으론 나도 눈치 보지 않겠어. 이렇게 써도 되나 저렇게 살아야 하나, 이리 힐금 저리 흘금 하지 않겠어. 살인, 강도, 강간, 사기, 탈세, 뇌물, 야합……. 뭐 이런 나쁜 짓만 아니라면 어때, 나 하고 싶은 대로 한번 해 보는 거야.

과감하게!

그런다고 누가 뭐라 하진 않겠지, 큰일이 나지도 않을 거고, 군소리를 좀 듣거나 지금보다 조금 더 외로워질지는 모르지만 괜찮아, 괜찮을 거야, 괜찮겠지, 괜찮아야 할 텐데…….

시의 문장들
: 굳은 마음을 말랑하게 하는 시인의 말들

2016년 2월 24일   초판 1쇄 발행
2024년 5월 14일   초판 8쇄 발행

지은이
김이경

펴낸이	**펴낸곳**	**등록**	
조성웅	도서출판 유유	제406-2010-000032호(2010년 4월 2일)	

주소
경기도 파주시 돌곶이길 180-38, 2층 (우편번호 10881)

전화	**팩스**	**홈페이지**	**전자우편**
031-946-6869	0303-3444-4645	uupress.co.kr	uupress@gmail.com
	페이스북	**트위터**	**인스타그램**
	facebook.com /uupress	twitter.com /uu_press	instagram.com /uupress

편집	**디자인**	**마케팅**	
이경민	이기준	전민영	

제작	**인쇄**	**제책**	**물류**
제이오	(주)민언프린텍	(주)정문바인텍	책과일터

ISBN 979-11-85152-44-8 03810